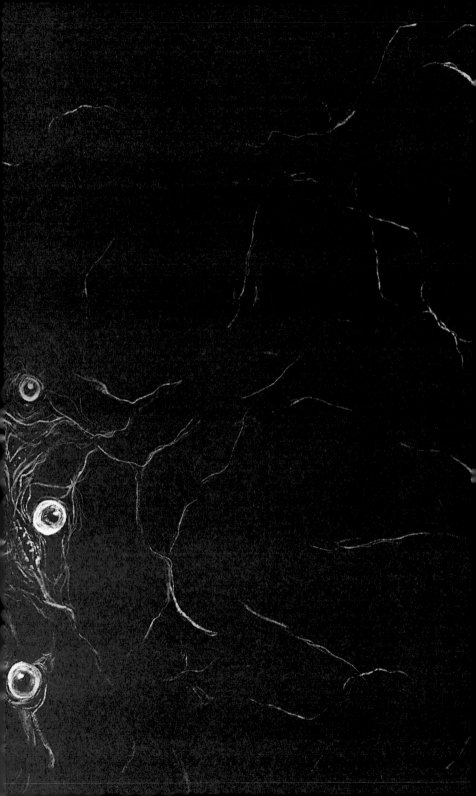

NARRATIVAS DO MEDO 2

RÔ MIERLING
CESAR BRAVO
CLAUDIA LEMES
VITOR ABDALA
ADEMIR PASCALE
HEDJAN C.S.
RODRIGO RAMOS
JULIANA DAGLIO
AISLAN COULTER
WOLF WARREN
PAULO G. MARINHO
ANGELO AREDE
MELVIN MENOVIKS
SORAYA ABUCHAIM
FLÁVIO KARRAS
GLAU KEMP
VINÍCIUS LISBOA

AVEC
EDITORA

Copyright © Rô Mierling, Cesar Bravo, Cláudia Lemes, Vitor Abdala, Ademir Pascale, Hedjan C.S., Rodrigo Ramos, Juliana Daglio, Aislan Coulter, Wolf Warren, Paulo G. Marinho, Angelo Arede, Melvin Menoviks, Soraya Abuchaim, Flávio Karras, Glau Kemp e Vinícius Lisboa.

Todos os direitos desta edição reservados à AVEC Editora. Nenhuma parte desta publicação poderá ser reproduzida, seja por meios mecânicos, eletrônicos ou em cópia reprográfica, sem autorização prévia da editora.

Publisher	*Artur Vecchi*
Organização e edição	*Vitor Abdala*
Ilustrações de capa e contos	*Marcel Bartholo*
Projeto Gráfico e diagramação	*Luciana Minuzzi*
Revisão	*Camila Villalba*
Imagens	*Freepik (rawpixel)*
Impressão	*Gráfica Odisséia*

A 135
Narrativas do medo : v. 2 / organizado por Vitor Abdala. – Porto Alegre: Avec, 2021. --
    (Narrativas do Medo; 2)
    Vários autores.
    ISBN 978-65-86099-75-1
    1.Ficção brasileira   2. Antologias   I. Abdala, Vitor   II. Série
                                                                CDD 869.93

Índice para catálogo sistemático:
1.Ficção : Literatura brasileira 869.93

Ficha catalográfica elaborada por Ana Lucia Merege CRB-7 4667

1ª edição, 2021
Impresso no Brasil / Printed in Brazil

🏠 Caixa postal 7501
   CEP 90430 - 970
   Porto Alegre - RS
🌐 www.aveceditora.com.br
✉ contato@aveceditora.com.br
📷 @aveceditora

ÍNDICE

* 7 *
106 vezes
Rô Mierling

* 15 *
Cartas marcadas
Cesar Bravo

* 25 *
Tique-taque
Cláudia Lemes

* 35 *
Cabeça-chata
Vitor Abdala

* 43 *
Um olhar para recordar
Ademir Pascale

* 49 *
Turno do Bacurau
Hedjan C.S.

* 59 *
Clarice
Rodrigo Ramos

* 67 *
Olha o que eu fiz para você
Juliana Daglio

* 77 *
Homem gancho
Aislan Coulter

* 85 *
As visões de Klinty
Wolf Warren e Paulo G. Marinho

* 91 *
Lado sombrio
Angelo Arede

* 95 *
Alexia
Melvin Menoviks

* 107 *
Maligna
Soraya Abuchaim

* 117 *
Chuta que é macumba!
Flávio Karras

* 129 *
O sussurro do Demônio
Glau Kemp

* 139 *
Aquela antiga BR
Vinícius Lisboa

RÔ MIERLING, gaúcha, escritora, roteirista e antologista. Autora de sete livros, incluindo *Diário de uma Escrava* (DarkSideBooks). Escreveu *Caça e Caçador* (primeiro conto do livro *Mundos Paralelos*, da Ed. Abril). Seu primeiro livro *Contos e Crônicas do Absurdo*, após três edições esgotadas foi lançado em projeto literário com 5 mil livros para distribuição livre. Ativista literária pelo Itamaraty na Argentina, escreveu para mais de seis países. Hoje é contratada da Harper Collins Publisher (NY).

106 VEZES

Rô Mierling

— Todos aqui sabem que estamos chegando perto das avaliações finais. Não quero choro, não quero reclamações e muito menos reprovações. Portanto, larguem a bebida e estudem. — A voz do professor se fazia ecoar na sala entre murmúrios de protesto. Os alunos da Faculdade de Medicina do Rio de Janeiro queriam ser médicos, mas também queriam aproveitar as grandes festas universitárias dos primeiros anos.

Ser um estudante de Medicina dava para Bárbara um novo estilo de vida. Ela tinha crescido em Niterói, uma cidade do outro lado da Baía de Guanabara. Sempre muito pobre, Bárbara era a sexta filha de uma família que tinha vindo do Nordeste em busca de novas oportunidades.

A família de Bárbara era tudo para ela. Seus pais eram lutadores, trabalhadores, dignos e haviam criado os filhos com muita dificuldade. Eles tinham se tornado para ela o símbolo do que mais admirava na vida: amor e união. Eram cinco meninas e um menino, que nasceu por último, quando a mãe de Bárbara já tinha certa idade. Ele nasceu prematuro e sempre teve saúde delicada, o que inspirou em Bárbara um amor ainda maior e o desejo de ser médica. Como sua mãe trabalhava como faxineira, nem sempre tinha com quem deixar seus filhos e a Bárbara cabia ajudar no cuidado com os irmãos. Quando já estava crescida, ficou a seu encargo os cuidados com Lucas, seu irmão com saúde sempre oscilante. Mas ela abraçou a função, e se sentia praticamente mãe daquele pequeno menino de olhos tão grandes e expressivos.

Quando Bárbara passou no vestibular para Medicina, após sua segunda tentativa, a alegria ultrapassou qualquer dificuldade que tivera para chegar até ali. Agora era estudar e estudar.

Ela passou com mérito pelo período de caloura na faculdade e agora estava no segundo ano. Anatomia era uma de suas matérias preferidas.

Bárbara acordava muito cedo, por volta das cinco da manhã, e antes das seis já estava no ônibus para ir à faculdade. E só retornava para casa muito depois das dez da noite. Ela não podia trabalhar, pois tinha muitas matérias para completar no curso, mas ela prestava pequenos serviços dentro do campus, conseguindo algum dinheiro para suas xerox e pequenas necessidades. Ela ajudava alunos com normas técnicas, revisões etc, e recebia por isso.

Portanto, estando praticamente todo o dia dentro do campus, sua vida se tornou focada apenas naquele ambiente e ali ela encontrou novas fixações. Uma delas, além da Anatomia, era o grupo Kránion — um grupo que oficialmente não existia.

Quando Bárbara entrou para a faculdade jamais imaginou que, nos bastidores do seu tão sonhado curso, havia tantos segredos. E o grupo Kránion era um deles. Era um grupo considerado invisível para alunos que gostavam de Anatomia e similares. Seus componentes eram a elite da Medicina. E entrar no grupo era um privilégio para poucos. Tinham reuniões esporadicamente, marcadas através de meios diversos e obscuros.

A primeira vez que Bárbara ouviu falar desse grupo, ela estava no final de uma aula de Anatomia. Duas meninas falavam baixo sobre onde seria a próxima reunião, e ela se interessou. Não foi fácil achar quem quisesse falar mais sobre o grupo, mas ela era insistente. Muito insistente. E, depois de alguns meses, ela recebeu uma carta em sua casa. Carta mesmo, daquelas que vem pelo correio, escrita à mão.

Ela não pôde deixar de sorrir pela originalidade. O teor da carta era uma congratulação, um local e uma data. Ela deveria estar naquele local e hora, vestida inteiramente de preto.

Parece coisa de clubinho infantil, ela pensou. Mas, mesmo assim, ela não podia perder a oportunidade, afinal sabia que alguns excelentes alunos de Medicina estavam ligados ao grupo, o que ela achou que poderia lhe trazer benefícios de alguma forma.

Ela foi ao local descrito na carta, e lá encontrou sete pessoas. Todas sentadas em cadeiras inseridas em um círculo. O local, um galpão abandonado com uma única luz acesa, fedia a algo que ela não conseguiu identificar. Um rapaz, que ela se lembrou de ter visto pelos corredores da faculdade, veio até ela e ali tudo começou.

Agora, meses depois de sua iniciação no Kránion, ela estava nervosa, muito nervosa. O lema era ser sempre leal ao grupo e aprender cada vez mais sobre a vida e a morte do ser humano. O grupo tinha ânsia de conhecimento e isso era o que dava valor e diferencial para aquele "grupo acadêmico". E, naquela noite, era a vez de Bárbara provar que queria aprender mais.

De tempo em tempo, um dos membros era selecionado para cumprir um desafio, que inicialmente pareceu grotesco, surreal e inconcebível para Bárbara. Ela tentou até mesmo sair do grupo, mas já não podia mais. Ela sabia dos desafios, sabia o que faziam e eles não iam deixar que ela se fosse. Uma vez dentro do Kránion, para sempre no Kránion.

Bárbara só tinha visto ou ouvido algo similar em programas de televisão que abordavam fraternidades americanas e seus desafios. Mas aquilo que ela viu e vivenciou era muito, muito além do que ela podia imaginar. E isso ali, na sua faculdade, no meio de pessoas normais e futuros grandes médicos. No entanto, eles diziam que aqueles atos eram essenciais para obter mais conhecimento, e ela queria mais, mais conhecimento, muito mais.

E aquela era sua noite, seu momento, seu desafio. Duas das componentes do Kránion a acompanhavam no carro, uma dirigindo e outra no banco do carona. Bárbara estava sentada no banco de trás, nervosa, torcendo as mãos. A rua era escura e o destino era um galpão, não o mesmo do primeiro encontro, mas um bem similar.

Quando lá chegaram, outro membro esperava na porta que foi aberta para as três moças. Bárbara entrou devagar e oscilante. Ela sabia o que deveria fazer e o que iria acontecer. Ela queria ir embora, mas não podia. Na verdade, não sabia se poderia viver depois de rejeitar o desafio.

RÔ MIERLING

No meio do galpão, havia o Objeto. Ela não precisava procurar por ele, outros membros faziam isso a cada desafio. O que ela precisava fazer era ir até o Objeto e executar o procedimento, assim ela obteria um conhecimento único, que poucos possuem e que os grandes detentores da vida e da morte precisam ter.

O Objeto era pequeno, menor do que ela imaginava. Ela já tinha visto dois desafios desses cumpridos por outros membros, mas os Objetos deles eram maiores.

Um saco preto envolvia o Objeto. Em uma mesinha pequena, um bisturi, uma chave de fenda, um picador de gelo e um martelo estavam milimetricamente dispostos.

Não havia nada mais no galpão e, quando Bárbara se aproximou do Objeto, ele pareceu se mover, muito pouco ou quase nada, o que a fez dar um passo atrás. Mas um dos membros segurou delicadamente seu braço firmando os dedos, como que lembrando-a de que não havia volta.

Bárbara conseguia ouvir sua própria respiração e, olhando no rosto dos outros membros, ela não via sentimento algum: estavam ali estáticos, serenos e apenas aguardando que ela cumprisse seu desafio.

Ela se aproximou do Objeto — ele foi denominado assim desde o primeiro desafio proposto quando o grupo foi criado. E como Objeto que era, naquele momento não tinha outra função além daquela para o qual foi trazido: ceder conhecimento sobre a vida e a morte.

— Qual meu limite? — Bárbara perguntou a ninguém em particular, mas a todos os membros presentes ao mesmo tempo. Ela tinha sido instruída de como devia proceder e já tinha acompanhado outros desafios, portanto era a pergunta-padrão.

— Cem — um dos membros disse com voz baixa. Bárbara olhou para ele com um olhar que tinha muito de súplica, mas ele sustentou os olhos nela sem dizer ou expressar absolutamente nada.

— Eu não sei se consigo... — Bárbara murmurou. Ninguém respondeu. A porta do galpão já estava fechada e, mesmo que ela conseguisse sair, jamais teria vida se não cumprisse o desafio. Ela sabia, tinha escutado coisas e, um dia, na dúvida de se ela realmente entendia a grandiosidade do grupo, um dos membros mostrou a ela uma filmagem sobre desertores. Ela nunca mais esqueceu.

Bárbara se aproximou da mesa e escolheu o martelo. Quando ela chegou mais perto, conseguiu ter certeza de que o Objeto se movia, como se despertando e querendo mais espaço no saco preto.

— Vá, agora! — A voz era de autoridade e ela suspirou profundamente, sentindo o desespero crescer no peito.

O martelo foi erguido e, com a mente dominada por medo e uma euforia, ela o desceu com força no Objeto. Um ruído de quebra se fez ouvir. Era baixo e abafado, mas inesquecível. Ela subiu e desceu o martelo mais duas vezes. E então parou. O Objeto agora estava levemente deformado onde havia sido atingido e não mostrava mais sinais de movimento.

Ela então pegou a chave de fenda.

— A contar... — disse um dos membros e Bárbara começou a perfurar com força o Objeto.

Uma, duas, três, quatro, cinco, seis, sete, oito, nove, dez, onze...

O braço de Bárbara já mostrava sinais de cansaço quando chegou ao número 32 e ela parou.

O silêncio era absurdamente tenso e arrepiante no ambiente e o cheiro começou a se espalhar. Ardente e ácido. O cheiro de sangue.

Ela então largou a chave de fenda e pegou o picador de gelo. Voltando ao Objeto, continuou a perfurar: 33, 34, 35... 42... 49...

Quando chegou ao 50, ela parou de novo, como sabia que deveria fazer.

Ela não notava, não estava mais naquele galpão. Seu rosto tinha lágrimas e suas mãos tremiam.

Agora Bárbara estava na sua casa, vendo seu pai chorar por não ter algo para colocar na mesa junto de um pouco de arroz e farinha. Era a luta do dia a dia. Seus irmãos chorando e pedindo comida e seus pais em desespero para pagar mais uma conta de luz. Ela não estava no galpão, estava no passado, vendo o sofrimento que passou para chegar até ali.

Um dos membros se aproximou e, como era de praxe quando chegavam na metade do limite do desafiado, ele tirou luvas dos bolsos e começou a desembrulhar o Objeto.

Era o momento mais tenso do desafio: efetuar a finalização olhando para o Objeto bem de perto. Só assim o futuro médico saberia como era a vida que tinha ido e a morte que tinha chegado.

Bárbara se aproximou ainda mais enquanto o saco preto era aberto, expondo o Objeto.

E quando um rosto deformado pelo martelo foi descoberto, e o cheiro de morte se expandiu ainda mais, Bárbara sentiu suas pernas tremerem e teve certeza de que ia desmaiar.

Olhos grandes e expressivos ainda estavam no que restou do rosto de Lucas, um menininho com saúde precária que era amado por uma estudante de medicina como se ela fosse sua mãe.

— Termine — uma voz longínqua ordenou. E um ruído de desespero e agonia saiu do fundo do peito de Bárbara, ecoando no galpão.

— Se não terminar o desafio...

— Eu sei — murmurou Bárbara, secando as lágrimas. Seu rosto se endurecia aos poucos e seus olhos perdiam a luz.

Ela se aproximou do Objeto, agora totalmente descoberto, pegou o bisturi e começou a perfurá-lo com selvageria.

51... 59... 67... 73... 89... 93... 97... 100. Mas ela não parou. Ela iria além do limite, ela agora queria mais conhecimento, mais poder sobre a vida e a morte.

101, 102, 103, 104, 105, 106...

Bárbara então parou e apreciou sua obra de arte. Todos os órgãos vitais do pequeno Lucas estavam perfurados. Todos eles. Em cada um, vários orifícios deixavam antever um pouco de seu interior.

Os membros se aproximaram do Objeto, se unindo a Bárbara em volta dele.

— A vida e a morte. Tudo nos pertence — citaram em coro.

Bárbara não chorava mais, não sentia mais. Apenas olhava para o Objeto ali disposto no chão. Mais uma criança que seria dada como desaparecida, sem solução. Mas ela tinha servido para o engrandecimento do conhecimento de Bárbara e do grupo que, afinal, salvariam vidas futuramente.

Em breve, Bárbara estaria em outro galpão ao lado de um novato, ajudando-o a cumprir seu desafio. Ela sabia. A cada membro era dado um número e eles tinham que chegar a esse limite, ou ultrapassá-lo, com os instrumentos que fossem oferecidos, de forma a tirar a vida, ceder lugar à morte e expor todos os órgãos vitais do Objeto, sendo impassíveis como seriam no dia a dia da carreira médica. Era deles o poder de dar ou tirar a vida. E precisavam ter esse conhecimento em um nível máximo para serem os melhores.

Não era assassinato, era sacrifício. Afinal, era o fim de um pelo bem de toda a humanidade.

CESAR BRAVO, nasceu em 1977, em Monte Alto, São Paulo. Sendo um devoto convicto do gênero horror, seus livros rapidamente atraíram atenção e reconhecimento dos leitores e da crítica especializada. Pela Darkside, o autor já publicou *Ultra Carnem*, *VHS: Verdadeiras Histórias de Sangue* e *DVD: Devoção Verdadeira a D*. Bravo também traduziu *The Darkman: O homem que Habita a Escuridão*, poema ilustrado de Stephen King que introduziu o icônico Homem de Preto nas obras do autor norte-americano. Em 2020, organizou a coletânea, *Antologia Dark*, também em homenagem a King.

CARTAS MARCADAS

Cesar Bravo

Quando um problema parece muito complicado, a solução costuma ser bem simples. Eduardo Raposo ouvira aquela frase da boca de sua mãe quando tinha seis anos e ele acreditou piamente nela. No que acreditava agora, aos setenta e dois anos, era que ninguém deveria ter um problema para resolver depois de velho, ainda mais um problema financeiro. Eduardo trabalhou duro, se casou, criou três filhos, e agora não tinha dinheiro para seu único e sagrado vício. Cacheta, Buraco, Bisca, 21, Truco. Ele não se importava com o jogo, desde que pudesse colocar sua bunda magra em uma cadeira e passar o dia todo segurando as cartas. O problema é que a Dona Sorte se cansara dele havia uns três anos e tudo o que Eduardo tinha na poupança foi depositado na conta do Senhor Azar.

— Vai ficar com essa cara feia o dia inteiro?

Eduardo girou minimamente o pescoço e observou a esposa se aproximando da janela.

Deus meu, a bunda dela parece a carroceria de uma Scania.

Sim, de fato.

E uma Scania bem carregada, Eduardo diria, uma traseira que logo soaria sua buzina flatulenta, pensando que sairia baixinho, mas alcançando a potência de um 3 em 1.

— Sabia que o rapaz aí da frente perdeu o emprego? — ela perguntou e retirou um pedaço do vestido que inadvertidamente entrava em sua carroceria.

— Eu não tenho tempo pra tomar conta da vida dos outros.

Dayse puxou as cortinas e deu um passo na direção do homem que a sequestrou ao altar.

— Claro que não. Eu me esqueci de como o senhor é ocupado. Qual a agenda pra hoje? Futebol? Filme do Charles Bronson? Ou você vai me esperar dormir pra ver mulher pelada na TV?

— Ei! Eu não fico vendo mulher pelada.

— Pois devia. Quem sabe você se lembrasse de me dar algum carinho.

Depois de quase se engasgar com a saliva da própria boca, Eduardo perguntou de volta:

— Desde quando você se importa com meus carinhos? Quem andou enfiando bobagens na sua cabeça?

— Ninguém.

Dayse deu outros passos pesados. Já estava quase deixando a sala quando voltou a encarar o marido e colocou as mãos na cintura (no que restava de sua cintura).

— A Mirtes está namorando de novo, sabia?

— E quem é o noivo? Alguém do cemitério? — Eduardo riu.

Mirtes tinha setenta e um anos, dois maridos mortos e uma fratura mal consolidada no fêmur. Pelo vasto conhecimento de Eduardo, ela não transaria com nada melhor que um frasco de Cebion.

— O nome do rapaz é Divino. Ele tem sessenta e oito anos e é advogado.

— Ele é doente do juízo. Se eu fosse advogado e quisesse uma namorada, não ia escolher um bife ressecado como a Mirtes. E você devia parar de ouvir essa mulher, ela não prestava quando era nova, deve prestar menos ainda agora. E me deixa assistir o jornal, sim?

Dayse o deixou em paz, mas naquela noite colocaria uma camisola

CARTAS MARCADAS

novinha. Ela tentaria atiçar aquele velho fogareiro, mesmo que tivesse que colocar sua boca nas brasas. Algo que Eduardo não consentiria. No final da noite, ele fingiria uma diarreia e, em seguida, alegaria um pico de pressão alta — Deus, ele faria qualquer coisa para ficar em paz e pensar em alguma forma de ganhar dinheiro.

No dia seguinte, uma pequena peregrinação bem cedo. Bancos, amigos, e uma ligação sigilosa para o filho mais velho. Eduardo chegou a procurar um comprador de ouro na cidade, planejando empenhar sua aliança. Zé do Ouro disse que não poderia fazer aquilo, porque, conhecendo Dayse Cristina Raposo, ele acabaria na polícia. Eduardo voltou para casa pouco depois das dez, frustrado, sentindo os dedos coçando à procura de uma carta. Ele acreditava em sua habilidade de reverter jogadas ruins. Mas sem o dinheiro?

Dayse estava varrendo a calçada. Por algum mistério da natureza que Eduardo jamais tentou desvendar, ela fazia aquilo três vezes por dia. Na parte da tarde, ela perdia mais tempo e gastava toda a água que conseguisse até que a calçada ficasse mais limpa que o banheiro das visitas. Eduardo passou por ela como um raio, dizendo que estava outra vez com disenteria.

— Foi alguma coisa que você comeu.

— Deve ter sido — ele respondeu e bateu a porta.

Tinha que existir alguma coisa de valor naquela casa. Eduardo não ousaria tocar nas joias de Dayse, mas pensava em algum eletrodoméstico, algo que não fizesse falta e que, de preferência, não despertasse o interesse de Dayse, no caso de um desaparecimento.

Estou perdendo o meu tempo.

A única coisa eletrônica naquela casa capaz de levantar algum dinheiro era seu aparelho de surdez e, mesmo que fosse uma bênção nunca mais ouvir a voz rachada de Dayse, ela acabaria percebendo e ligando para o filho mais novo, que conseguia ser mais chato que a mãe. Eduardo começava a suar frio. Era quinta-feira, ele tinha perdido todo o crédito na semana anterior, e em duas semanas haveria o grande torneio, com prêmios que poderiam deixar alguém muito feliz. E a coisa mais triste para Eduardo era que ele detestava o dinheiro. Ele só queria jogar, mudar de realidade, entorpecer seu cérebro cansado com a matemática simples dos carteados. Gente que jogava pelo dinheiro nem deveria ser chamada de gente, eles eram escória.

Cansado de pensar e não chegar à solução alguma, Eduardo voltou para a TV. Escolheu o canal Viva (que dedicava muito tempo à gente morta) e a praticamente fúnebre *Escolinha do Professor Raimundo*. Eduardo não era muito dado a programas humorísticos, mas gostava um pouco da personagem Cacilda. Ele a achava atraente. Cacilda não era como a Dayse, ela era gorda, mas ainda era firme; ela não era um caminhão pau de arara como a Dayse, Cacilda era um Mercedes-Benz.

— Vou limpar a sala — Dayse disse e atravessou à frente da TV. Ela estava com um perfume misto de sabão em pó, desodorante e talco. Céus, por que as velhas usam tanto talco? De tão irritado e preocupado e ansioso e incomodado, Eduardo quase teve uma disenteria verdadeira quando ouviu o aspirador de pó.

Vruuuuuu Vruuuuuuu Vruuuuuuuuu

Dayse carregava o aspirador com uma espécie de prazer oculto. E talvez ela pensasse em arrancar essa mesma sensação de seu velho quando começou a rebolar sua carroceria em frente à televisão.

Eu devia cagar na roupa de verdade, Eduardo pensou e olhou para a janela.

Vruuuuuu Vruuuuuuu Vruuuuuuuuu

Em poucos minutos de histeria sonora, começou a ser tomado por uma sensação nova, estimulante, uma sensação que em um primeiro momento pareceu cruel e mesquinha.

Ela podia morrer.
Ou ter Alzheimer
Ou...
Ou eu podia acabar com ela.
Ela é a mãe dos meus filhos. Deus, me perdoe!

E no exato momento em que a consciência gritou, Dayse golpeou a canela de Eduardo com o bocal do aspirador. Ele se levantou, bufou e trocou a sala pela segurança isolada do quarto. Dayse sorriu, continuou aspirando e começou a assoviar algo tão velho quanto ela.

No quarto, os dedos de Eduardo se moviam como dez lagartas famintas. Eles vasculhavam a primeira gaveta de seu criado mudo, onde havia alguns papéis. Talvez descobrisse um velho empréstimo ali, do tempo das vacas tão gordas quando Dayse, do tempo que ele podia se dar ao luxo de emprestar dinheiro.

Dizem por aí que o dedo de Deus às vezes acerta um homem mal, mas que é muito mais comum o dedo do Diabo acertar um homem bom. Foi exatamente este segundo dedo que emergiu da gaveta como um .38 carregado.

Funerária São Benedito.

CARTAS MARCADAS

Se fosse dez anos mais jovem, Eduardo teria se lembrado do que se tratava, mesmo antes de abrir o envelope. Mas com o peso da idade, com tudo o que tomava seus humores, ele precisou ler o sulfite amarelado para ter certeza.

Quando foi mesmo que ele fez aquela merda?

— No nosso 23º aniversário de casamento — disse em voz alta.

O depósito inicial era pequeno, cerca de dois mil reais. Mas com os anos, e o sequestro de cem reais por mês, a soma devia estar grande. Não exatamente grande, mas seria o bastante para alguns meses de felicidade nas mesas.

Deus, você não devia me deixar pensar essas coisas.

Assustado consigo mesmo, Eduardo fechou o envelope, recolocou-o na gaveta e prometeu nunca mais olhar para ele. E como todo viciado, Eduardo não precisaria de seus olhos para saber que o papel estava ali, junto de um futuro bem mais pecaminoso e satisfatório do que ele imaginara segundos antes.

Ela é a mãe dos meus filhos.

Sim, e dois deles o tratavam como um tubérculo apodrecido. Na opinião de Eduardo, o único filho que prestava era o mais velho, Evandro. Ele era dentista, solteiro, e gostava de jogar como seu pai. *E o filho da puta não me deu um centavo.* Para a filha do meio, ele sequer se atreveu a pedir. Aquela ali saiu à mãe. Era gorda, chata e tingia os cabelos de loiro para agradar o merda do marido. Que ela fosse pro inferno e levasse o neto com ela. O garoto também não era dos melhores. Ele era muito moderninho, usava calças coladas e chamava os velhos de "você". Isso é errado, certo? Ninguém chama um velho de você, ainda mais se o velho for o seu avô.

Dayse entrou como uma jamanta desgovernada no quarto. Colocou o aspirador em cima da cama, bem ao lado de Eduardo, e recomeçou o serviço. Ele ficou como estava, deitado, as mãos sob a cabeça, os olhos no teto. Então Dayse se superou novamente e aspirou a barra de sua calça.

— Ei! Tá ficando doida?!

— Preciso limpar o quarto.

Poderia ter sido impressão, um engano terrível por conta do barulho do aspirador, mas Eduardo juraria que sua esposa peidou assim que entrou no quarto. E ele teria a confirmação da suposição impensável segundos depois, com um cheiro igualmente impensável, e junto desse cheiro, o retorno de um pensamento impensável.

Que Deus me perdoe, mas eu poderia mesmo matá-la.

CESAR BRAVO

Vruuuuuuuuu!

Eduardo ruminou aquela ideia pelo resto do dia, e ela ainda estava em seu estômago quando finalmente procurou o sono. Pela manhã, a ideia acordou com ele e estava tão forte que roubou todas as outras.

Às nove e meia, Eduardo tomou um ônibus e foi até o centro. Não precisou pagar nada e, pela primeira vez em semanas, agradeceu por ser velho. Contou com a mesma sorte na Funerária São Benedito, onde conseguiu atendimento à frente de duas outras pessoas, cujos olhos molhados pareciam tão tristes e revoltados que Eduardo achou melhor não voltar a encará-los. Ele fez as perguntas que precisava e a moça bonita do atendimento pediu que ele aguardasse alguns minutos, deixando-o com aquelas companhias tristes e com o brilho dos caixões. Mogno, carvalho, um caixão de metal que custaria mais caro que um carro. Eduardo tinha um velho Volks laranja na garagem, mas preferia andar de ônibus, onde podia exercer a graça de ser velho sem gastar um tostão.

— O senhor tem um crédito de vinte mil e cem reais.

— Só isso?

— Podemos aumentar o valor, mas o senhor precisaria aumentar sua contribuição.

Eduardo riu.

— Mocinha, olha bem pra a minha cara. Eu tenho mais de setenta anos, estou velho, por que eu daria mais dinheiro a vocês?

Mocinha pensou um pouco, mas não foi difícil elaborar uma resposta.

— Com o aumento da contribuição, o senhor poderia deixar quem ficou pra trás com um pouco de alegria. Não é fácil perder um companheiro, então a chegada desse dinheiro pode dar algum retorno positivo depois do momento mais terrível de um casamento.

— O momento mais terrível de um casamento é o próprio casamento. Mas agradeço pelo seu tempo. — Eduardo se levantou.

— Não quer mesmo modificar o seguro?

— Quem sabe no ano que vem. Isso se eu não precisar comprar um desses antes. — Ele bateu sobre um dos caixões brilhantes e atravessou a porta.

Vinte mil... O que eu faria com vinte mil?

Faria cem mil. E talvez um pouco mais se a minha sorte voltasse. E sem o apetite de urso da Dayse, o dinheiro da aposentadoria duraria o dobro. Também sobraria algum da conta de água. E eu ainda receberia

 CARTAS MARCADAS

a aposentadoria dela.

Uma ideia tão terrível precisa de um fato igualmente ruim para fazer sentido. E o fato surgiu bem a tempo, assim que Eduardo chegou em casa, empertigado, mas decidido a não acabar com seu casamento da pior maneira possível. Dayse estava com um envelope nas mãos, sentada no sofá da sala, com o rosto um pouco mais vermelho e úmido que o habitual.

— Era isso aqui que o senhor estava procurando nas gavetas?

Eduardo sentiu um calafrio na espinha, engoliu em seco.

— Deu pra me espionar depois de velha?

— Isso aqui estava caído atrás da gaveta, por isso você não achou. Quer dizer que o meu marido está devendo cinco mil reais pro banco? Estou tão decepcionada, um velho como você, um homem que deveria servir de exemplo aos filhos... Quando ia me contar, Eduardo? Quer me matar de desgosto? — O velho baixou a cabeça, simulou uma vertigem e se apoiou no móvel da TV. — Não vai adiantar desmaiar no tapete. — Dayse se levantou e cruzou os braços sob os seios grandes e maleáveis, que foram formosos e rígidos em um passado glorioso.

— Eu já consegui o dinheiro. — Eduardo chegou mais perto, um pouco temeroso. — Ganhei no baralho que você detesta. — Tocou-a suavemente no rosto. — Aliás, eu ganhei o bastante pra um fim de semana naquela pousada que você adora.

— Pousada?

— É sim, Dayse. Só eu e você... — Beijou-a na bochecha — ...como nos velhos tempos.

O trajeto até a pousada (que na verdade era a chácara de um conhecido, alugada para terceiros) levava cerca de quarenta minutos. A propriedade ficava além dos limites urbanos; uma casa com rede na varanda, pomares, campos gramados e um grande açude para pescar. Depois de descarregar as malas, Eduardo apanhou sua vara de nylon e sugeriu que Dayse o acompanhasse a um passeio. Ela relutou de início, mas acabou indo com o velho. Ele estava sendo tão generoso, tão gentil. Ele tinha carregado todas as malas e, dessa vez, Eduardo sequer se importara com o exagero de roupas que Dayse havia separado para apenas dois dias (ou com o atraso da saída — Dayse disse que precisava usar o banheiro, onde perdeu quase uma hora se maquiando).

— Que dia lindo. — Ela respirou o ar puro da serra. O sol ainda estava tímido e, mesmo sem a cobertura das nuvens, não chegava a fritar a pele, não ali, a dois passos do paraíso.

CESAR BRAVO

Calado, Eduardo colocou sua maleta de pescaria no chão e começou a montar sua vara. Dayse estava dois passos atrás, ainda receosa com toda aquela água.

— Não precisa ter medo, amor. É só água.

— Se você tivesse quase se afogado quando tinha três anos também teria medo.

— Vem aqui, vem.

Dayse não se moveu imediatamente, lembrando-se do bebedouro dos cavalos, dela de ponta cabeça, das bolhas subindo enquanto a água entrava por sua garganta. *Deus, foi por tão pouco...*

— Vem, Dê. Eu cuido de você.

Eduardo havia terminado a montagem da vara de pesca e estendido um lençol no chão. Então colocou pães, uma garrafa térmica, uma maçã e dois pratos, um para ele e um para Dayse. *Tão romântico.* Dayse pensou nos velhos tempos, quando eles ainda eram moços e a velha chama parecia um maçarico. A saudade foi tão grande que tomou todo o seu peito.

— O que você está querendo comigo? — Ela sorriu e perguntou.

— Olha, Dayse! São peixinhos, centenas de peixinhos. — Eduardo deixou o piquenique de café da manhã improvisado e olhou para a água, filtrando a luz nos olhos com a mão direita.

Dayse foi chegando mais perto, não muito, mas o bastante para que conseguisse ver os tais peixinhos.

— Onde eles estão? — perguntou. — Eduardo a rodeou e a abraçou pelas costas, beijou a pele exposta pelo vestido, observou um leve arrepio eriçando a pele da esposa. — Devia parar com isso. — Ela riu, e ele conhecia aquele riso.

— Ali, Dayse, bem ali. — Ele a tomou pelo braço e apontou para o meio do açude. Em seguida fez alguma pressão com o próprio corpo, até que ela se arqueasse. E a segurou pela cintura, para que Dayse pudesse se sentir segura. Então a empurrou.

Dayse desceu como um tijolo, como um Titanic feito de carne. Começou a gritar e a se debater, Eduardo se afastou, ciente de que ninguém além dos pássaros a ouviria. Um acidente horrível... "Estávamos nos divertindo e então ela..." Desesperada, Dayse ainda se debatia quando algo roubou a atenção de Eduardo. Ele se abaixou, levou as mãos à canela e viu alguma coisa deslizando pela grama. Em seguida ouviu o chocalho da cascavel acenando de longe, como o guizo de um palhaço.

 CARTAS MARCADAS

— Não, não agora — Eduardo lamentou e observou os pequenos furos em sua pele. Também ouviu passos sobre um charco, passos pesados que conhecia bem.

— Dayse... Eu...

— Você vai morrer. O que pensou que aconteceria, Eduardo? Você nunca me nota! Como não notou que eu aprendi a nadar na hidroginástica. Por acaso você é burro?

— Dayse, me ajuda. Vamos conversar.

Dayse escorreu os cabelos com as mãos, depois retirou alguma vegetação que se agarrava ao vestido florido. Aos olhos do marido, ela parecia um toucinho embrulhado que dormiu na chuva. Dayse passou por ele e continuou andando, sem vontade de olhar para trás.

— Dayse!

Ferido, Eduardo não poderia enfrentá-la, ou mesmo culpá-la. Ela fora uma boa mulher, ele fora um bom marido, mas o fato é que as coisas mudam. O único detalhe que não mudou, nem mesmo depois do açude e da picada de uma cascavel, foi sua inclinação ao carteado. O baralho reserva estava dentro da caixa de pescaria, embrulhado em um plástico filme, para que não se sujasse.

De longe, o motor do Volks estourou, morreu e aceitou uma segunda partida. Eduardo olhou para suas cartas e sorriu. Era um jogo solitário, paciência, mas as cartas não eram ruins, não eram ruins de jeito nenhum.

CESAR BRAVO

CLÁUDIA LEMES, escritora de thrillers como *Eu Vejo Kate*, *Inferno no Ártico* e *A Segunda Morte de Suellen Rocha*, e fundadora da Aberst (Associação Brasileira de Escritores de Romance Policial, Suspense e Terror), entidade criadora do Prêmio Aberst de Literatura. Ela é editora, roteirista, ghostwriter, leitora crítica, tradutora e intérprete, e agora publisher da sua editora recém-aberta, a Rocket Editorial.

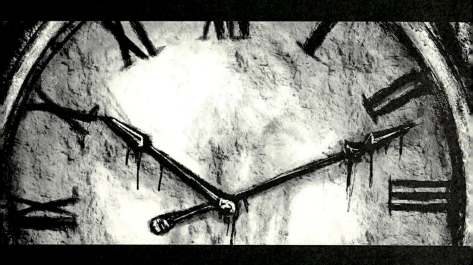

TIQUE-TAQUE

Cláudia Lemes

Um dia, o namorado perdeu a paciência.
— Pelo amor de Deus! — Ria, mas o rosto estava vermelho e uma veia saltava no pescoço. A mesma expressão de quando faziam amor, só que dessa vez mostrando os dentes. — É só uma porra de um relógio!

Mas não era só a porra de um relógio. Desde sua infância, Bruna se encolhia ao passar por ele a caminho do dormitório, evitava encará-lo ali, no final do corredor, quando as luzes estavam apagadas, e tinha sonhos com ele. Naqueles sonhos, o relógio antigo não fazia nada, é claro. Mas nos sonhos, e apenas neles, Bruna tinha a certeza de que o objeto era consciente dela e de seu medo. Inevitavelmente, ao acordar, ela se sentia uma idiota.

Ela não respondeu. Nunca tolerara que um homem levantasse a voz para ela, e Arthur sabia daquilo. Talvez por esse motivo, ele voltou a se sentar no sofá puído da sala, bebeu mais um gole da cerveja de um copo suado, e maneirou no tom.

— Anjo... — Suspirou. — Nós dois queremos isso. Precisamos disso. Já faz cinco meses. Sei que ainda sente saudades da sua avó, sei mesmo. Sei que não chora porque é orgulhosa demais, mas sente falta e ainda está tentando se acostumar a viver sem ela. Só que ela te deixou essa casa porque te amava. Ela te deixou essa casa sabendo que você faria uma reforma, que tornaria esse lugar o seu espaço, do seu jeito, com a sua cara. Estou errado?

— Não disse que estava errado. — Ela enfiou um punhado de amendoins na boca. — Só disse que você sabe que morro de medo daquele negócio na parede e que tenho medo de mexer nele. Ele está lá há pelo menos uns cinquenta anos. Tenho fotos da minha avó aos quarenta anos com aquele relógio no fundo! Era do avô dela, acho.

— Por isso mesmo. — Arthur deslizou a bunda no sofá, inclinou o corpo para frente e tomou a mão dela. — Deve valer alguma coisa. Vamos vendê-lo no Mercado Livre ou pra algum antiquário. Precisamos começar a mexer nas coisas. Só falta pagar esse IPTU atrasado e fechar com o pessoal da reforma. Vai ser nossa casa, Bruna. Chega de ter que dar satisfação pro seu pai, chega de você ter que aguentar as indiretas da minha mãe. Vamos vender esse relógio junto das outras tralhas.

Bruna se recostou contra o sofá e cruzou os braços. Não era medo. Era fobia. Era um aperto no peito dela toda vez que chegava perto do relógio. Era falta de ar e taquicardia quando tinha vontade de ir ao banheiro e sabia que o relógio estaria lá, como um olho, observando-a enquanto ela mantinha a cabeça baixa para não o encarar e corria, quase deixando o xixi escapar, para o banheiro e trancando a porta, mesmo quando (talvez principalmente quando) estava sozinha na casa.

No dia seguinte, um sábado, Bruna acordou cedo, fez uma xícara de café com bastante açúcar e se sentou de frente para o notebook do pai, na sala do apartamento que dividia com ele no Guarujá.

Abriu o Google e digitou: superando fobias rápido. Hesitou um pouco antes de clicar *enter*. Pensou em tirar o "rápido", porque lhe parecia que qualquer trabalho psicológico deve ser gradual, e "rápido" lembrava picaretas e coisas desleixadas. Mas o "rápido" era importante. Ela realmente queria sair do apartamento do pai e começar sua vida em sua própria casa. O pai não teria objeções. Também estava pronto para ficar sozinho. Queria namorar de novo, ela sabia disso.

As primeiras respostas foram links de sites, a maioria sobre fobia social. Os títulos começavam com números: "6 estratégias", "20 Dicas,

"4 Formas" de superar seus medos. Ela bebeu um gole do café e foi descendo a página. Os métodos ficavam mais explícitos: hipnose, remédios naturais, psicanálise, programação neurolinguística. Ela encontrou o link para uma clínica que prometia a cura de fobias por meio de hipnose em cinco sessões de uma hora cada.

Mordeu a unha do dedão e ficou olhando a tela ultrabranca até as letras começarem a dançar com duplas fantasmagóricas de si mesmas e ela precisar fechar os olhos. Quando os abriu, viu uma bolinha vermelha abraçando um "1" em branco, ao lado do ícone do Whatsapp, que ela havia deixado aberto no notebook. Clicou em cima. Recado do Arthur. Ela abriu e viu que era uma foto dos dois, tirada numa pizzaria no aniversário deles de quatro anos de namoro, três meses atrás. Ela não conseguiu evitar um sorriso. Embaixo, o recado dele: *Fui escroto com você ontem. Desculpa. Só estou ansioso. Podemos viver com o relógio na parede, se quiser :) Te amo, cabeção.*

Não, não podiam, e ela sabia disso. Ela não aguentaria. Mas imaginar tirar ele da parede e o vender para estranhos, aquilo também era esquisito. Bruna sabia que tinha medo de olhar para ele, mas que mexer nele seria mil vezes pior. Como se ele pertencesse àquela casa, àquela parede.

A mão parou a alguns centímetros do teclado, incerta. *Não preciso de terapia, preciso ser determinada e forte, só isso.* Ela fechou todas as janelas e se levantou. Iria, sozinha, vencer seu medo do relógio.

Assim como parei de fumar depois de sete anos de tabagismo, assim como emagreci os quinze quilos que ganhei com a morte de mamãe, assim como denunciei o porteiro que passou a mão em mim no elevador, assim como consegui passar em veterinária em primeiro lugar numa universidade federal, assim como consegui superar tanta coisa que me aconteceu. Vou conseguir isso também.

Pegou uma caneta do tipo Stabilo, preta. Escreveu no antebraço:
É SÓ UMA PORRA DE UM RELÓGIO

E saiu do apartamento, levando as chaves da avó consigo.

Não era difícil imaginar tudo ali dentro do jeito que ela queria. Já escolhera as cores das paredes, dos sofás, o tom da madeira dos móveis planejados. Nunca foi rica, mas sempre fora focada em seus objetivos, e havia feito sacrifícios nos últimos anos para juntar dinheiro para sua casa. Nada de comer fora, nada de cinema, nada de bolsas ou sapatos. Dava-se um presente ocasional, pequenas indulgências na forma de um batonzinho MAC, um bombom da Kopenhagen, uma comemoração

CLÁUDIA LEMES

ou outra no Outback. Mas eram momentos raros. Conseguira economizar 36 mil reais nos últimos três anos, guardando mil por mês. Arthur trabalhava na construtora do pai e ganhava quase o dobro dela, então conseguira guardar setenta mil. Já tinham a grana para a reforma e uma festa singela de casamento, quando o dia chegasse. Se chegasse. Nenhum dos dois fazia questão de uma festa, mas a família pressionava. Pressionam sem se oferecer para-

Ela interrompeu os próprios pensamentos ao virar a chave e entrar na casa da avó. Da porta da frente, já conseguia enxergar o relógio, distante, no fim do corredor, escurecido pelas portas fechadas, que não permitiam que a luz solar penetrasse.

Ela o encarou. Estava a uns dez metros dela, uma mancha negra na parede, como um grosso "i" no qual o pingo havia caído no bastão, que agora o mantinha. Já não funcionava há décadas, aquela porcaria. Era inútil. Madeira antiga, detalhes dourados, já manchados, algarismos romanos em metal negro.

Ela lera em algum lugar que, nos duelos no velho oeste, a distância dos dois oponentes era de dez metros. Não, sua burra, ela franziu a testa. Eram dez jardas. Bom, de qualquer forma, ela lembrou de um duelo. Ela olhava para o relógio, que parecia olhar para ela, também.

Sentiu aquela presença na casa. O ar um pouco mais denso, talvez, a sensação de que algo pinicava sua pele, bem de leve. Olhou para o braço:

É SÓ A PORRA DE UM RELÓGIO

E deu alguns passos à frente, vendo a relíquia crescer diante de si, seus contornos se afinarem, seus detalhes ficarem mais nítidos. E, à medida que se aproximava, a sensação de estranheza também se intensificava. A mente começou a trabalhar. Todo mundo tem alguma coisa da qual tem medo, sem explicação. É só um relógio, feito por mãos humanas por dinheiro e talvez com um pouco de carinho, vendido, comprado, pendurado na parede por pregos simples. Um objeto de madeira e metal que você pode esmagar e destruir em segundos se quiser, porque você é uma pessoa. Você tem o poder aqui.

O raciocínio de Bruna não fez seu medo retroceder, mas a encheu de vontade. Mesmo sentindo-se como se estivesse sendo observada, mesmo tendo certeza de que ouvira algo leve estalar na cozinha atrás de si, mesmo com a pele sendo acariciada por uma leve corrente elétrica e com o coração socando sua caixa torácica, ela estendeu os braços e deixou os dedos roçarem a madeira da estrutura. Fria, dura, comum. Bruna testou o peso e enviou a força necessária estimada aos braços

TIQUE-TAQUE

para levantar o relógio da parede. Devia pesar mais de seis quilos. O relógio ofereceu resistência, mas levantou-se, desgrudando dos pregos antigos que o mantinham no lugar.

Ela teve o impulso de atirá-lo ao chão, mas inspirou profundamente e o carregou até a sala, deixando para trás sua marca na parede. Lá, embrulhou o relógio, com certo trabalho, em papel bolha, depois de passar um Perfex úmido nele e tirar algumas fotos. Arthur tinha razão. Iriam vendê-lo e usar o dinheiro para ajudar a decorar seu novo lar.

Quando terminou, sentiu a necessidade urgente de lavar as mãos. Similar ao que sentia quando chegava em casa da rua ou mexia em animais sujos. Correu para o banheiro e lavou as mãos, como se estivesse se preparando para uma cirurgia.

Os primeiros visitantes foram seus queridos amigos, Rafa Cintra e Daniel Purgos, um casal que havia testemunhado toda a evolução do namoro dos dois, e era com certeza a primeira escolha para padrinhos. Pediram pizza e bebiam cerveja, enquanto mostravam cada cômodo aos amigos, explicando quadros, fotos e escolhas de matérias primas. Ouviam os "nossa, que graça!" e "ah, ficou linda, a cara de vocês!" com sorrisos tímidos e orgulhosos. Foram enfim à sala para beber, comer e bater papo.

Foi no meio da conversa que Daniel se levantou e por delicadeza, perguntou onde era o banheiro da casa. Depois de informado, ele saiu da sala e sumiu pelo corredor.

Rafa sorriu:

— Agora que está vendo a situação de vocês, ele vai começar a me pressionar pra casar.

Arthur aproveitou que o amigo havia se afastado e começou a limpar a mesa.

— Vou pegar mais cerveja. E Rafa, já está na hora né?

Ela jogou um amendoim nele.

— Deus me livre. Morro de medo de casar e ser infeliz que nem minha mãe.

Bruna riu.

— Que besteira, Rafa.

A amiga encolheu os ombros.

— Ah, ué, cada um tem suas neuras.

Arthur voltava da cozinha com um sorriso no rosto e três cervejas nas mãos.

— Olha você, que morria de medo de um relógio, tirando sarro dos outros.

CLÁUDIA LEMES

Bruna parou de rir. Ainda não gostava de falar no assunto, mas sentia-se mais leve depois de se livrar dele. Pintara a parede de novo e, no lugar onde o relógio estivera por tantas décadas, colocou um mural com fotos dela e de Arthur. Sentiu um frio na espinha, que logo passou, dando espaço ao orgulho. Mas a amiga mordeu a isca:

— Não creio. Bruna Fodona com Fritas com medo de um relógio? Puta merda, não acredito nisso, conta isso direito.

Arthur fez questão:

— Ela sempre teve medo, de tipo, borrar as calças, de um relógio idiota que ficava pendurado na parede. A mina faz carinho em cobras, pula de avião e morre de medo de relógio.

Rafa gargalhou.

— Meu, mas tem coisa que é muito doida mesmo. Tipo medo. A minha tia tem uma casa no meio do mato em Minas e eu juro, eu juro que tem alguma coisa louca na cozinha dela.

— Parei-

— Não, sério, deixa eu terminar. Todas as vezes que vou pra cozinha, tenho certeza que tem alguma coisa lá, me olhando. Fica até frio, eu tenho que sair correndo.

— Vocês são muito cagonas. — Arthur desenroscou uma tampa de cerveja. — Isso é coisa de filme, fica na cabeça da gente.

Bruna sentiu a necessidade furiosa de se defender.

— Peraí, você uma vez quase se cagou quando tava dormindo e eu saí do banheiro de madrugada.

Ele riu.

Rafa se inclinou para frente e baixou a voz.

— Aquele momento que você tá dormindo e acorda e dá uma olhada pra porta e tem cer-te-za que tem alguém ali, em pé, te olhando. Quem nunca?

Era verdade. Bruna já sentira aquele nervoso antes, aquele conflito entre a razão (não faz sentido ter alguém ali) com algo lá dentro, algo instintivo (tem alguma coisa ali, sim, te vendo dormir). A conversa estava começando a embrulhar o estômago dela, e um pensamento cruzou sua mente: faz muito tempo que o Daniel foi ao banheiro.

Ela imaginou o amigo degolado, uma linha rubra retíssima circulando o pescoço, sangue cascateando pelo peito, braços, abdome, enquanto ele olhava o teto com os olhos esbugalhados, incrédulo, tentando pedir ajuda para não morrer sozinho, ouvindo apenas um *arrgghhrrrrr* sair.

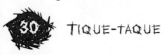

TIQUE-TAQUE

— Aquela sensação de que tem alguém debaixo da cama. — Eles continuavam rindo e conversando. — Às vezes, eu pulo na cama pra não chegar perto demais com os pés.

Rafa encostou a mão no ombro dele.

— Não, não, pra mim é pior quando eu acordo e meus pés estão descobertos e eu sei, tipo, eu sei que alguém vai encostar neles com as pontinhas dos dedos.

— Uma vez me falaram que quando você sente essas coisas é porque tem uns espíritos pesados, do mal, de gente ruim ou gente assassinada, que estão perto de você.

Rafa assentiu:

— Sim! Minha mãe é espírita e falou exatamente isso! Que quando você sente peso e dor nos ombros é porque estão sentados em você.

Ele está no banheiro há tempo demais, Bruna pensou, odiando aquela conversa toda. Era como se o relógio estivesse na casa de novo. Era como se coisas invisíveis, coisas curiosas e ruins e sujas estivessem olhando para eles, talvez sentadas na sala ao lado deles, com ferimentos mortais, com lábios roxos...

— Um dia desses eu tava lendo um livro na cama — Rafa continuou, sem notar que a amiga não estava tão empolgada quanto ela —, e gente, do nada, era como se essa parte branca do meu olho enxergasse e com ela, mesmo concentrada no livro, eu vi uma sombra, como se fosse um homem, mas sem cores, só sombras, bem atrás do livro, olhando pra mim. Quando eu olhei pra cima, é claro que não vi ele lá, mas alguma coisa dentro de mim podia jurar-

— Fiquem quietos, por favor. — Bruna se levantou. — O Daniel tá bem? Já faz um tempão que ele foi.

— Deve estar cagando. — Riu Arthur.

— É verdade. Bate na porta, sei lá.

Bruna não queria ir, mas também não queria parecer uma idiota. Pensou na mesma cena: caído no vaso sanitário com as calças jeans nos tornozelos, sem vida. Sangue por todos os lados e a confirmação de que havia algo maligno naquele lugar, mesmo sem o-

Bruna parou no corredor.

Não!

Não era possível.

Ela abriu a boca e, como em seus piores pesadelos, nenhum som saiu. Como podia estar ali? Ela mesma o tirara da parede, embrulhara-

A dor foi o que Bruna sentiu primeiro. Um aperto interno no ombro, no braço esquerdo. A familiar taquicardia, aquela sensação de que o coração estava coberto de formigas.

Ela conseguiu apoiar um braço na parede e olhar para baixo, para o piso de madeira e, mesmo assim, sentia o relógio olhar para ela.

Ali estava, de volta ao seu lugar. O quadro que ela usara para substituí-lo não estava por perto.

A intenção era dizer "me ajudem!" mas só saiu um "ai!".

Risos explodiram atrás dela, e ela ouviu indicativos de que o namorado e a melhor amiga estavam indo até ela. A porta do banheiro abriu.

Bruna perdeu o equilíbrio, o relógio ficando trêmulo e depois embaçado diante de si. Sabia que escorregara para o chão, mas não sentiu o impacto. O peito queimava quando ela respirava, a taquicardia se intensificando. Chorando, ela estendeu o braço direito, mas ninguém segurou suas mãos.

Daniel ria:

— Calma, Bruna.

Arthur e Rafa fizeram coro às gargalhadas.

Estou morrendo, ela pensou. E nunca nenhum pensamento lhe pareceu tão inteligente e preciso quanto aquele.

Os amigos se ajoelharam, mas ela não conseguia falar. A dor estendia-se para a mandíbula agora, e o medo, puro, implacável, ainda percorria seu corpo como uma descarga elétrica. *Eu vou morrer na frente dele, ele está vendo tudo!*, pensou, sobre o relógio.

As risadas morreram no mesmo instante.

— Bruna! — Ela reconheceu o pânico na voz de Arthur.

— Meu Deus, chama uma ambulância!

E ela fechou os olhos, porque não queria olhar para o relógio. Ouviu os choros e algumas das palavras:

— ...só uma brincadeira!

— Desculpa, amor, desculpa!

— Ai, não, socorro, o que é isso? Pelo amor de Deus, Bruna!

— Bruna!

— Ai, não! Meu Deus!

— Chama, porra!

— Já chamei, já chamei!

Havia tanto desespero naquelas vozes.

Mas Bruna não conseguia se acalmar, não conseguia responder.

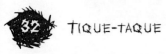

Num último ato de coragem, ela levantou as pálpebras. O peito pesava uma tonelada. Tudo ardia. Já sentia frio nas extremidades. O relógio, que agora ela sabia que fora colocado ali pelos colegas, estava imóvel e apagado como sempre. Como se fosse um desenho naquela parede, não um objeto tridimensional. O relógio parecia saber, no entanto, o que acontecia naquele corredor. O relógio testemunhava a morte dela.

Bruna ouvia berros e choro. As últimas palavras que ouviu do namorado e da amiga antes de morrer foram:

— Acho que...acho que...ela está morrendo.

— Mas como?!

— ...de medo.

VITOR ABDALA, jornalista carioca, nascido em 1981. Trabalha como repórter cobrindo as mazelas da cidade e do país. Foi membro da Horror Writers Association (HWA), organização internacional sediada nos Estados Unidos. É autor do romance de terror policial *Caveiras – Toda Tropa Tem os seus Segredos* (2018), finalista do Prêmio Aberst 2019 na categoria Melhor Romance de Horror. Também escreveu as coletâneas *Tânatos* (2016), *Macabra Mente* (2016) e *Pesadelos Tropicais* (2019). Participou de antologias no Brasil, nos Estados Unidos e na Grã-Bretanha.

CABEÇA-CHATA

Vitor Abdala

Zaqueu acordou no meio da madrugada por causa do que parecia ser o barulho de um forte trovão. Seus ouvidos captaram o som de chuva caindo lá fora. Ficou escutando os pingos crepitarem no telhado durante algum tempo, até que tudo ficou em silêncio e passou a ouvir apenas a respiração da mulher ao seu lado. Assim que o sol nasceu, ele se levantou.

Quando pôs a perna esquerda para fora da cama, sentiu uma pontada. Era como se fosse uma cãibra. Esperou até que a dor passasse e se levantou. Ficou feliz por não ter que andar até o povoado e colocar sua jangada no mar. Zaqueu decidiu que não sairia para pescar naquele dia. Aproveitaria para descansar, para ficar com os quatro filhos.

Ele morava no meio das dunas, em um local relativamente afastado do povoado onde viviam dez famílias de pescadores. Ele sempre vivera ali. Nascera ali e, em seus 35 anos, nunca pensara em se mudar. Quando se casou, aos 18 anos, continuou morando no casebre com a mãe, que morreu três anos depois. Era afastado da praia e de seu ganha-pão, mas ele não se incomodava. Até gostava de viver afastado da vila.

A mulher ainda estava dormindo ao seu lado. Olhou para ela sem qualquer entusiasmo e levantou-se devagar para não acordá-la. Não gostava muito de conversar com a mulher logo que acordava. Na verdade, não gostava de conversar com a mulher e havia pouco carinho entre os dois. No máximo, trocavam alguns beijos e carícias durante o sexo, mas, durante o dia, pouco se tocavam.

No quarto ao lado, seus quatro filhos estavam provavelmente dormindo. Não queria abrir a porta, para não acordar as crianças: um menino e três meninas. Seu mais velho não era mais exatamente uma criança, já tinha 16. Sua mais nova, no entanto, ainda tinha 5 anos. Pegou um pão duro em cima da mesa e começou a mordê-lo sem muita vontade.

Sentia uma melancolia. Nem os raios solares entrando pelas frestas da janela de madeira do casebre conseguiam animá-lo. Caminhou até a porta, num andar claudicante, ainda sentindo os resquícios daquela cãibra. Fez um sinal da cruz, como fazia todos os dias antes de sair de casa, e abriu a porta.

O sol o cegou por um momento: estava extraordinariamente forte naquela manhã. Mas não foi o brilho solar excessivo que surpreendeu Zaqueu. Na frente de seu casebre, onde, pelo que ele se lembrava, só havia areia no dia anterior, agora existia um imenso lago oval, de águas verde-escuras e proporções monumentais.

Zaqueu imaginou que o lago tivesse uns 200 metros de comprimento por uns 50 de largura. Por um instante, ele se esqueceu da cãibra e da melancolia que o perturbavam momentos antes. Era impossível que a chuva que ele escutou de madrugada tivesse criado um lago como aquele de uma hora para outra. Sabia disso, mas, ao mesmo tempo, estava hipnotizado com aquele imenso espelho d'água nas dunas.

Era absurdo, porém lindo.

Caminhou até a beira, ajoelhou-se e mirou seu reflexo no lago. Juntou suas mãos em forma de concha, encheu-as e levou-as à boca. A água tinha o gosto meio salgado e Zaqueu cuspiu-a.

Levantou-se e, sem perceber, começou a caminhar para dentro do lago. Andou até a água alcançar sua cintura e depois pôs-se a nadar. Nadou de forma preguiçosa por alguns minutos, até que sentiu algo se chocando contra sua perna.

Na mesma hora, ele parou de dar braçadas e ficou de pé. Ele estava

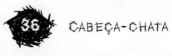

exatamente no meio do lago e a água batia em seu peito.

Zaqueu tentou enxergar o fundo, para descobrir o que havia encostado nele, mas não conseguiu ver nada.

Ele sentiu de novo algo tocando sua perna, mas, desta vez, junto com uma dor aguda. Pontas serrilhadas rasgavam sua carne, ao mesmo tempo que o puxavam para baixo.

Tubarão?!

Zaqueu mergulhou e conseguiu ver o animal agarrado à sua perna esquerda. Era tudo ou nada. O homem fechou os punhos e começou a socar a cabeça do tubarão. Era um cabeça-chata, uma espécie agressiva que, recentemente, havia começado a aparecer em grandes números no litoral onde ficava a vila.

O tubarão largou sua perna e sumiu. Mas logo a barbatana rasgou o espelho d'água e, por uns segundos, ficou circundando Zaqueu, até que, de repente, o animal se afastou. Sem demora, o homem começou a nadar, enquanto o sangue tingia de vermelho a água à sua volta. Nadou o mais rápido que pôde, mas não o suficiente para evitar uma nova investida. Mais uma vez, o animal agarrou sua perna esquerda e novamente o homem lutou.

Sem a mesma força de antes, Zaqueu disparou uma nova sequência de socos em seu algoz, que mais uma vez o largou. Agora, ele estava mais próximo da margem e pôde sair correndo para fora do lago.

O ferimento era feio. Sua perna esquerda estava dilacerada. Zaqueu sentou-se e pensou em gritar, mas não teve forças. O pescador apenas fechou seus olhos e pensou no que fazer. Quando os abriu novamente, o céu estava escuro. Não escuro como a noite, mas cinza e com pesadas nuvens bloqueando a luz solar.

O pescador tirou sua camisa e amarrou-a em volta do ferimento para tentar estancar o sangue. Com alguma dificuldade, levantou-se e começou a mancar em direção à sua casa, margeando o lago. Dentro da água, a barbatana do tubarão o acompanhava, lado a lado.

Como era possível que aquele tubarão cabeça-chata tivesse entrado naquele lago? Será que a maré havia subido e criado uma espécie de lagamar em meio às dunas?

Não. Não era possível. Montes de dunas separavam aquela área do oceano. A maré teria que subir uns 15 metros para provocar aquele alagamento.

Quando ele se aproximou de casa, a barbatana voltou a afundar e sumiu de sua vista.

VITOR ABDALA

Mas não era sua casa. Ou melhor, era sua casa, mas algo havia acontecido. No lugar do casebre, havia apenas ruínas. Não havia janelas, portas ou telhado. E as paredes estavam parcialmente derrubadas.

Em desespero, Zaqueu gritou o nome da mulher e dos seus filhos, mas não teve respostas. Não havia ninguém lá dentro.

Mesmo com o ferimento na perna esquerda, Zaqueu correu até o vilarejo. A dor era forte, mas seu medo era ainda maior. O que estava acontecendo?

Levou 10 minutos para chegar ao vilarejo. O medo aumentou quando viu que todas as casas estavam em ruínas. O lugar estava vazio. Voltou a gritar os nomes da mulher e dos filhos.

Ao longe, no meio do oceano, trovões começaram a ribombar.

Foi então que ele viu uma figura misteriosa, sentada em uma das jangadas posicionadas sobre troncos na praia, longe das marés. Tinha uns poucos fios de cabelo, todos brancos, e usava camisa de brim e calça puídas.

Zaqueu estava assustado, mas tentou vencer o medo para se aproximar do visitante que se mantinha de costas, parado, com rosto voltado para o mar. Quando ele estava a apenas 5 metros daquela figura misteriosa, ela levantou a mão e, sem se virar, fez um sinal para que o pescador parasse.

— Não se aproxime — disse o visitante misterioso.

Zaqueu parou ao ouvir a voz que parecia pertencer a outro mundo, a outra dimensão.

— O que aconteceu? Onde estão todos?

— Todos estão onde deveriam estar.

Só então Zaqueu percebeu que o céu estava ainda mais escuro, como se fosse meia-noite, mas sem as estrelas.

Zaqueu sentiu-se mais assustado. A escuridão o envolveu. O ar parecia lhe faltar. Ele percebeu que o visitante exalava um odor de peixe podre e as mãos haviam se transformado em nadadeiras. Nadadeiras de tubarão. Mesmo no escuro era possível enxergar aquela figura misteriosa, porque ela emitia uma luz fluorescente de seu corpo.

— Por que você não procura no cemitério da vila? — a voz estranha falou.

Quem é você?, Zaqueu pensou em perguntar, mas se deteve ao imaginar que poderia se borrar todo com a resposta.

— Eu sou aquele que ninguém quer conhecer — o visitante respondeu, como se lesse os pensamentos do pescador.

 CABEÇA-CHATA

Um arrepio que começou pelo dedão do pé de Zaqueu subiu como um choque elétrico por todo seu corpo até chegar ao topo de sua cabeça.

— O que eu devo encontrar no cemitério? — finalmente o pescador questionou. — Estão todos lá?

— Não. Não todos. Apenas aquele que importa.

Relâmpagos de cor roxa momentaneamente iluminaram as trevas. O arrepio agora fez o caminho inverso, começando no cocuruto de Zaqueu e morrendo no dedão do pé.

De quem você está falando?, o pescador pensou em perguntar e mais uma vez desistiu.

O visitante se levantou e começou a se deslocar, de ré, na direção de Zaqueu. O pescador recuou, tentando manter-se afastado daquela figura macabra.

Eles caminharam assim por algumas dezenas de metros, até que Zaqueu esbarrou com suas costas num pequeno portão de madeira.

Já estava no pequeno cemitério, cercado por um decadente arame farpado

— Por favor, entre… — o visitante pediu, mas Zaqueu sentiu que era uma ordem e não uma solicitação.

Zaqueu se virou e empurrou o portão, que estava precariamente preso em um tronco por apenas uma dobradiça enferrujada. Assim que pisou no terreno santo, seu ferimento começou a sangrar. Sangrava tanto que sua bandagem tinha pouca serventia para estancar a hemorragia.

— Não se preocupe, isso não vai matá-lo. — A voz ecoou por todos os lados e Zaqueu não conseguiu descobrir de onde vinha.

Ele olhou para trás, procurando seu interlocutor, mas ele havia desaparecido.

— A resposta que você busca está aqui…

O pescador procurou novamente e encontrou o visitante sentado sobre uma pedra, já dentro do cemitério. Ele continuava de costas e Zaqueu não conseguia ver seu rosto.

A mão, que parecia uma nadadeira de tubarão, apontou para uma cruz improvisada, que estava do seu lado esquerdo.

O ferimento na perna do pescador doía, mas mesmo assim ele se aproximou vagarosamente do túmulo. Quando leu a tosca placa presa à cruz de madeira, Zaqueu soltou um grito e perdeu o equilíbrio, caindo sentado ao lado da tumba.

VITOR ABDALA

— Não! Isso não é verdade! — Zaqueu disse, ao mesmo tempo que colocava suas mãos sujas de terra sobre o rosto.

— Está se lembrando da tempestade? — perguntou o visitante.

Zaqueu tirou as mãos do rosto, mas não ousou olhar para o visitante e ficou fitando o chão. Mesmo assim, percebeu que a criatura se aproximara e, naquele momento, estava diante de si. O pescador não queria olhar, porque sabia o que encontraria.

Depois que finalmente ergueu os olhos, um grito de pavor escapou de sua boca.

O rosto do visitante era monstruoso. Sua boca era enorme e seus dentes eram serrilhados como os de um predador. No lugar do nariz, havia a ponta de um focinho de tubarão e seus olhos eram como os do cabeça-chata que ele encontrara naquela tempestade.

O tubarão abriu sua boca, arreganhou os dentes e avançou sobre o rosto de Zaqueu.

Sentindo uma dor imensa, o pescador desmaiou. Ele acordou gritando às margens do lago que havia se formado no meio às dunas, em frente à sua casa. A acumulação de água àquela hora era bem menor do que no início da manhã. Não tinha mais do que 20 metros de comprimento por 10 de largura.

Zaqueu passou as mãos pelo rosto de forma desesperada, mas ele estava intacto. Ao apalpar a perna, ele sentiu o ferimento. Não havia sangue, apenas uma enorme cicatriz. Parecia recente, mas não havia sido feita naquela manhã.

Sua mulher saiu de casa correndo e o abraçou.

Suas três filhas mais novas chegaram em seguida.

— Cicinho! Cadê Cicinho? — Zaqueu perguntou, desesperado.

A mulher olhou para ele e começou a chorar.

— Todo dia você faz a mesma pergunta — ela disse.

Zaqueu então se lembrou daquele dia dois meses atrás.

Desde então ele acordava todos os dias na beira do lago, que havia se formado no meio das dunas numa semana de temporais, dois meses antes. O corpo d'água, que agora era alimentado apenas por esparsas chuvas, estava cada vez menor.

Cicinho nunca demonstrara interesse em ser pescador. Ele só queria ir para a cidade, frequentar a escola, arrumar um emprego. Seu filho mais velho nunca gostou de pescaria. Ele tinha medo de navegar, tinha pavor de jangadas.

Zaqueu não deveria tê-lo forçado. O pescador não tinha como

CABEÇA-CHATA

prever a tempestade que veio de repente quando eles estavam em alto-mar, mas se arrependia de ter obrigado o menino a acompanhá-lo naquele dia.

As ondas ficaram cada vez maiores. Zaqueu nunca tinha visto nada semelhante. Uma delas virou a jangada e os dois caíram na água.

O pescador conseguiu nadar até a jangada e ficou apoiado nela, com o corpo dentro da água, sem subir. O desespero bateu quando não viu Cicinho por perto. Ficou gritando o nome do filho durante muito tempo, em vão. O jovem estava perdido no mar.

No momento que Zaqueu sentiu algo se chocar contra sua perna esquerda, percebeu que tinha outra companhia.

Ele tentou subir na jangada, mas foi surpreendido por uma mordida e uma dor absurda. Era um tubarão cabeça-chata.

Zaqueu lembrava-se de ter mirado bem nos olhos do predador durante o ataque. O animal soltou a perna dele em seguida. Por sorte, foi uma mordida que apenas rasgou mas não arrancou um pedaço de Zaqueu.

Ele não se importou com o ferimento. A dor maior era ter sobrevivido enquanto o filho havia desaparecido no mar.

De volta à realidade, na beira do lago em frente à sua casa, Zaqueu abraçou cada uma das três filhas e depois pediu que a mulher as levasse para dentro. Queria ficar sozinho. Ele chorou tudo quanto pôde e depois se levantou. Seria mais um dia de dores na perna. Mais um dia de dor na alma.

Ele se levantou e olhou para o lago. Sem pensar muito no motivo, Zaqueu entrou na água e caminhou em direção à parte mais profunda, onde a água batia em sua cintura. Um movimento numa das margens chamou sua atenção. Seu coração se acelerou quando viu aquela figura.

O visitante com cabeça de tubarão estava ali, parado. Ele abriu um sorriso cheio de dentes serrilhados. Então uma barbatana emergiu das águas do lago e veio em sua direção. Dessa vez, Zaqueu não tentaria nadar nem subir na jangada.

VITOR ABDALA

ADEMIR PASCALE, paulista, escritor e ativista cultural. Editor-chefe da Revista Conexão Literatura. Membro Efetivo da Academia de Letras José de Alencar e chanceler da Academia Brasileira de Escritores (Abresc). Participou em vários livros publicados no Brasil, França, Portugal e México. Organizador do livro *Possessão Alienígena* (Ed. Devir). Autor do romance *O Clube de Leitura de Edgar Allan Poe* (Ed. Selo Jovem) e autor convidado do livro *Aquela Casa* (Ed. Verlidelas), criador e organizador das antologias *O Legado de H. P. Lovecraft, Histórias para Ler e Morrer de Medo* e *Apocalipse – Contos e Poemas sobre o Fim do Mundo,* entre outros.

Um olhar para recordar

Ademir Pascale

Ela pegou o livro, contemplou demoradamente a sua bela capa e seus dedos finos e delicados passaram sobre o título em alto-relevo: *Dublinenses*, de James Joyce.

Jovem. Ela era bem jovem. Talvez 19 ou 20 anos. Com tantos títulos na livraria com temas mais modernos — biografias de grandes youtubers e até obras que depois se transformaram em filmes —, ela selecionou um clássico escrito entre 1903 e 1904.

Ela parecia ser bem discreta e usava um vestido preto. Os cabelos negros eram longos. O olhar parecia vazio: provavelmente estava concentrada, talvez analisando a sinopse do livro que ainda segurava nas mãos.

Fiquei próximo dela, mas não me notou. Puxei assunto, pois conhecia algumas obras de James Joyce:

— Os contos desse livro ofereceram aos leitores da época, mais precisamente aos irlandeses, um olhar sobre si mesmos, para que pudessem se enxergar como num espelho. Joyce é maravilhoso...

— Hã? — Ela não ouviu nada do que eu disse.

— Eu disse que James Joyce é... — Desisti de repetir o que tinha acabado de dizer e tentei algo novo. — Já leu esse livro?

— Sim, mas faz muito tempo. — Como alguém tão jovem poderia dizer isso? Talvez ela tenha lido no ano passado. Jovens tratam meses como anos.

Ela parecia ser uma garota séria e a minha abordagem não estava sendo fácil. Resolvi sair de casa naquela tarde para espairecer as ideias, conhecer gente nova, ver cores. Depois de seis anos trabalhando num escritório de advocacia como auxiliar de escritório, queria descansar por um tempo, gastar um pouco do dinheiro da rescisão e fazer algumas coisas que não fazia por causa do trabalho. Uma delas era namorar. Mas a vida, às vezes, nos surpreende e coisas anormais acontecem sem ao menos esperarmos.

— Você gosta de ler? Mora por aqui? — disse ela, finalmente olhando em meus olhos.

— Ah... — Ela me pegou de surpresa; achei que seria bem mais difícil conversar com ela. — Sim, adoro ler, tenho pilhas de livros em casa. E, sim, moro aqui na cidade desde que nasci. — Ela dava atenção ao que eu dizia. Era bem difícil ver isso acontecer, geralmente àquela altura as garotas já tinham me dado um fora.

— Sabe, gosto muito de conversar sobre os livros e seus autores. Faz muito tempo que não converso com alguém sobre literatura, principalmente a estrangeira. Você gosta de literatura estrangeira?

— Adoro literatura estrangeira. — Era mentira. Na realidade, eu gostava, mas não adorava. O que eu diria para ela? Tinha que concordar e tentar agradá-la, puxar mais assunto.

— Você conhece o casarão da Rua Dr. Inácio Brandão?

— Você diz aquele casarão abandonado?

— Não é abandonado. Moro lá. — Pareceu que ela tinha se irritado.

— Sim, sim, desculpe, devo ter me confundido. Faz tempo que não passo por essa rua. — Ela se acalmou de maneira rápida. Perguntei se ela queria o livro *Dublinenses* de presente, ela recusou, pois disse que já tinha a primeira tiragem da edição, uma raridade. Convidei a garota para tomar uma xícara de café numa cafeteria ali ao lado. Ela recusou e logo em seguida me surpreendeu mais uma vez:

— Não gosto de muitos olhares sobre mim. Você gostaria de vir até minha casa hoje à noite para conhecer minha biblioteca particular?

 UM OLHAR PARA RECORDAR

Como você também gosta de literatura estrangeira, irá se deslumbrar com os títulos que possuo, principalmente as primeiras tiragens de obras de autores como Edgar Allan Poe, Oscar Wilde, Bram Stocker, Robert L. Stevenson e até mesmo das irmãs Brontë: Charlotte, Emily e Anne.

— Sim, claro. Nossa, uma primeira tiragem de Edgar Allan Poe? Demais... — Na realidade, era o único autor que conhecia um pouco mais entre os autores que ela citou. Tinha lido o conto "O gato preto" umas três vezes, além da biografia do autor. Poderia puxar um bom assunto sobre ele. Ela devia gostar de Poe, porque, afinal, ela tem um estilo bem... digamos, "gótico".

— Certo. Pode ser às 21h de hoje?

— Claro, pode ser. — Ela não me convidou para jantar. 21h já seria um pouco tarde para isso. Certamente seria um café mesmo. Café e muitos livros. E quem sabe algo bem mais prazeroso que isso. Esperava.

— Você não perguntou, mas meu nome é Cassandra. Cassandra Santoriello.

— Ah, sim... sim... Prazer, meu nome é Jonas dos Prazeres. — Como pude me esquecer de perguntar o nome dela e de dizer o meu? Ela me olhou de maneira estranha quando pronunciei meu sobrenome. Ele geralmente gerava confusão nas garotas. Mas é meu sobrenome, o que eu poderia fazer?

— Bom, está marcado: 21h no casarão da Rua Dr. Inácio Brandão. O portão estará encostado, basta entrar e seguir até a porta principal. Bata três vezes que saberei que é você. Mas, por favor, não se atrase.

Nos despedimos sem beijinho no rosto, apenas com um aperto de mão sem graça. Na realidade, ela sequer apertou a minha mão, apenas a ergueu com delicadeza e eu a segurei.

Duas horas. Faltavam duas horas. Eu ainda estava no banho. Mas a roupa já estava passada e pronta. Sou bem organizado com isso e, em quinze minutos, já estava pronto para sair.

O casarão da Rua Dr. Inácio Brandão não era tão longe, mas eu não iria a pé até lá, resolvi ir de carro.

Foram cinco minutos para chegar ao local. Estacionei o carro e caminhei até o imenso portão de ferro. Ele estava semiaberto. Foi uma boa caminhada do portão até a porta principal do casarão. No caminho, apesar da escuridão, notei uma grande falta de cuidado com o jardim. As árvores, sob o reflexo da lua cheia, refletiam a sombra dos seus galhos na frente do casarão. Vi a silhueta de uma mulher na janela do primeiro andar. Cassandra me aguardava.

Bati três vezes na porta e, mais uma vez, a vida me pregava uma peça. Mulheres geralmente demoram para atender uma porta, principalmente quando é para um encontro como esse; elas ficam fazendo pequenos retoques na maquiagem, arrumando os detalhes dos cabelos e verificam se a roupa está adequada, mesmo já tendo feito isso várias vezes. Mas acabei de bater na porta e lá estava ela em pé, bem na minha frente.

Era difícil entender como ela conseguiu descer tão rapidamente.

Seu vestido era preto, e parecia ser do mesmo modelo de quando a vi pela primeira vez. Quem sabe fosse até o mesmo?

— Oi, como está? — eu disse, erguendo a mão e levando o rosto até o rosto dela.

— Oi! — Ela continuou imóvel, exceto pela mão que ergueu ao encontro da minha. Desisti de beijar em seu rosto. — Venha, vamos ver os livros, depois tomamos um café.

Segui a garota pela imensa casa, passando por salas e corredores repletos de quadros antigos e pinturas a óleo. A iluminação era bem fraca e não entendi por que ela usava tantas velas em vez de simples lâmpadas. Talvez para deixar o clima mais aconchegante.

Chegamos até a biblioteca. Era uma sala imensa repleta de estantes que iam até o teto. Certamente ela possuía milhares de títulos.

— Estão todos separados por gênero — ela disse, indo direto para um título do escritor Edgar Allan Poe. — Este é importado. O conto "A queda da casa de Usher". Tenho um grande apego por esta obra.

Dei atenção ao que ela dizia, claro, mas continuei a olhar os inúmeros títulos nas prateleiras das estantes, todos antigos. Não encontrei nenhuma obra contemporânea. E, enquanto ela falava, virada de costas para mim e em frente aos livros, olhei através de uma pequena janela que dava para a parte de trás da casa. Notei silhuetas de cruzes e estátuas de anjos. Parecia ser um pequeno cemitério. Ela virou-se de repente e me repreendeu:

— O que você tanto olha lá fora? — Notei que ela ficou enfurecida.

— Nada, só achei estranho a quantidade de cruzes e estátuas de anjos. É um cemitério?

— Sim, minha família está toda lá. Preferimos assim, sempre ficarmos próximos à casa onde nascemos. Vamos tomar um café? —

 UM OLHAR PARA RECORDAR

perguntou ela, tentando mudar de assunto.

Ao sairmos da biblioteca, fui seguindo seus passos para não me perder.

Chegamos até uma pequena sala. Era estranho uma casa tão grande e sem empregados. Não sabia como ela conseguia se virar sozinha ali. Provavelmente tinha empregados, mas todos já deveriam ter ido para suas casas.

Ela convidou-me para sentar. A mesa já estava pronta com um bule e duas xícaras. Esperei que ela me servisse, mas isso não aconteceu. Educadamente, levantei-me, peguei o bule e virei vagarosamente sobre a sua xícara, mas nada saía dali. Ele estava vazio.

Provavelmente ela ainda ia fazer o café. Senti-me envergonhado.

Ela ficou muda. Sentei-me novamente e não quis mais perder tempo. Coloquei minha mão sobre a mão dela e um frio percorreu minha espinha. Ela estava fria como gelo e seus olhos estavam estáticos, vidrados no vazio. Mas o que mais me surpreendeu foi quando ela, com a outra mão, pegou a xícara vazia e a levou sobre os lábios. Parecia beber algo que não existia.

Provavelmente era louca, e eu não queria confusão. Não era certo eu ficar ali sozinho, numa casa sem muita iluminação, e com uma garota que parecia estar desequilibrada. Eu não sabia praticamente nada sobre ela. Tentei arrumar uma desculpa qualquer para sair dali o mais rápido possível:

— Olha, lembrei que tenho um compromisso e já estou atrasado. Desculpe, é muito importante e tenho que sair. Lamento. Nos vemos depois.

Ela continuou muda. Saí dali rapidamente, quase tropeçando. Não consegui recordar o caminho até a porta de entrada, então saí pela primeira porta que encontrei no caminho. A porta dos fundos. Foi difícil abri-la, estava emperrada. Mas consegui com muito esforço.

Apesar de um pouco mais aliviado por estar fora da casa, ainda estava em seu imenso pátio. Eu sabia que tinha que sair logo dali, mas a curiosidade não deixou. Passei pelo pequeno cemitério. As cruzes e estátuas estavam em péssimo estado de conservação e o mato estava alto, sinais de que ninguém cuidava daquilo. Pude notar em cada sepultura um retrato antigo de homens e mulheres, mas um em especial fez com que os pelos do meu corpo se arrepiassem: num retrato oval, estava uma foto antiga de uma jovem. Abaixo dela, o nome. Cassandra Santoriello: 1897 – 1916.

O mesmo olhar, a mesma garota que estava comigo instantes atrás.

ADEMIR PASCALE

HEDJAN C.S., carioca de 1978. Colunista na revista Sarau Subúrbio, no projeto Aleatórios e no blog da Luva Editora. Autor de *Preâmbulo Gótico* (Amazon, 2020), *Gótico Suburbano* (Luva Editora, 2019), *Terror Gratuito* (Independente, 2018). Roteirista na coletânea de quadrinhos *VHS - Vídeo Horror Show* (2019, selo Belzebooks) e no projeto *Subúrbio Zero* (Instacomics). Publicou em diversas coletâneas. Prêmios recebidos: II Concurso Literário de São João Marcos (2017), Prêmio Strix (2018), II Prêmio Nacional de Literatura de Belford Roxo (2019), I Concurso Literário Contos Sombrios de Paquetá (2019).

Turno do Bacurau

Hedjan C.S.

— Sabia que uma mulher já pariu aqui dentro?
— Como assim "pariu"?
— Como assim digo eu. Sabe o que significa "parir"?
Gilberto levantou os olhos do livro e girou sua cadeira na direção de Osvaldo, que o olhava por cima do jornal. Era melhor pensar em algo educado pra dizer, por mais que desejasse pedir pra ele ficar quieto. O som do rádio à pilha tocando o que ele chamava de "música de elevador" já era distração suficiente.
— Poxa, seu Osvaldo, me desculpe. Sei o que significa "parir". Falei por falar... Estava concentrado na leitura...
— Tudo bem, garoto, desculpa te atrapalhar. — Osvaldo admirou o livro. — Livro grosso. Parece uma lista telefônica. Trabalho da faculdade?

— É sim. Tratado Geral de Semiótica, Umberto Eco. Tenho um seminário semana que vem na faculdade. Vamos falar sobre a relação inerente das...

Osvaldo o encarava como se ele tivesse falado em outra língua, o que não estava muito longe da verdade. Acabara de transgredir o "precioso conselho número 1" de seu cunhado: não tente parecer espertinho; as pessoas gostam de pessoas inteligentes, não de espertinhos. E ele vinha se esforçando para não parecer prepotente ou convencido por estar na faculdade. Não queria nem podia perder aquele emprego.

Osvaldo, por sua vez, abanou a cabeça e fez um movimento com a mão como se espantasse um mosquito.

— Interessante. E complicado. Mas essa aí é a sua, como diziam antigamente. A minha é esta aqui. — Levantou o jornal. — Sessão de esportes e política, palavras cruzadas. Vou deixar as palavras complicadas pras cabeças jovens e frescas, certo?

O alívio da tensão fez Gilberto sorrir. Pelo menos o colega não parecia ofendido. Tudo voltou ao normal. Osvaldo era o orientador experiente. Ele, o recruta novato.

Osvaldo levantou-se de sua cadeira. Ele grunhiu e ela rangeu. Enquanto colocava o cinturão com o revólver de serviço no coldre e pegava a lanterna, olhou para o relógio na parede.

— Quase meia-noite. Vou fazer a ronda, garoto. Não cochile até eu voltar, certo? Tem café. Se for sair pra ajudar algum cliente, me avise pelo rádio. — Ligou a lanterna para ver se a pilha estava carregada, balançou a cabeça como se a aprovasse e abriu a porta. — Não esquece: se aparecer alguém, me chama — repetiu, apontando a lanterna para o colega.

Gilberto o observou até que saísse. Largou o livro sobre a mesa, tirou os óculos e esfregou os olhos. Espreguiçou-se enquanto olhava o estacionamento com poucos carros.

Conseguira aquele emprego graças ao cunhado. Ser vigia noturno em um estacionamento de supermercado não era ruim, dizia Palhares, seu cunhado. O trabalho era simples: preencher relatórios, fazer uma ronda a cada 40 minutos, ajudar de vez em quando um cliente que tinha esquecido onde estacionara o carro, e, mesmo com o estacionamento não tão cheio, isso não era raro quando se tinha um estacionamento de três pavimentos paralelos ao prédio principal. Era bem monótono, apesar de tudo que Osvaldo contara em apenas duas semanas.

TURNO DO BACURAU

Gilberto ficava se perguntando se aquilo tudo acontecia mesmo ou se Osvaldo era bom em inventar histórias.

Levantou-se para esticar as pernas e deu uma volta pelo aquário — uma construção de dois por três metros no centro do primeiro andar do estacionamento. A ronda mais bem feita acontecia ali, pois era onde ficavam estacionados os carros do diretor e do chefe da segurança. Gilberto conseguiu ver Osvaldo andando por entre os carros estacionados. Quando terminasse ali, subiria de elevador ao segundo andar. No terceiro, provavelmente nem demoraria. Ele só começava a receber carros quando os dois outros lotavam. Desde que entrara ali, não vira o colega ficar muito tempo no terceiro andar.

Foi até a cafeteira. Não tinha café ali pra encher um dedal. Resmungando, colocou pó na cafeteira e despejou água mineral. Osvaldo sempre bebia muito café e nunca preparava mais, mas até que era um bom sujeito.

O colega, que trabalhava ali havia cerca de um ano e meio, contou que já tinha separado três brigas de casais. Em uma delas, a mulher quase matou o marido a socos. Também já tinha interrompido uns seis casais que tiveram a ideia de usar o carro como motel. E as incontáveis vezes em que clientes mais "descolados" acharam que ninguém os incomodaria se resolvessem fumar um baseado ou "dar uma cafungada" em uma carreira de cocaína, como dizia Osvaldo, ali no meio do estacionamento. Somado a isso, também tinham que lidar com situações de furto de combustível e de CD-players, mas essas eram situações atípicas, especialmente no turno da madrugada. Ou, como Osvaldo gostava de dizer, no turno do bacurau, uma ave noturna muito comum na cidade de Minas Gerais onde ele nascera.

Na maioria das vezes, era exatamente como Palhares descrevera. Rotina, paz e tranquilidade. E, no final das contas, era melhor estar ali do que queimando a mão em uma chapa de hambúrgueres ou vendendo picolés na praia, duas opções que ele cogitara.

Quando o café ficou pronto e o cheiro tomou o aquário, despejou o líquido preto em um copo de isopor comprado com a ajuda dos outros seguranças. Se dependessem dos chefes, dizia Osvaldo, eles não beberiam nem água numa cuia furada.

Ele não portava arma e era grato por isso. Sua função principal era dar atenção ao público e preencher os relatórios. Palhares trabalhava na administração e não tivera dificuldades em indicá-lo para aquele posto.

Enquanto bebericava o café, deu mais uma olhada ao redor, procurando o colega. Conseguiu avistá-lo no lado oposto à rampa. Gilberto notou que a lanterna estava desligada. Ela era mais útil no terceiro andar, onde várias lâmpadas precisavam ser trocadas.

Aproveitou para desligar o rádio. Nada contra as músicas do colega, mas também nada a favor. Serviu-se de mais café, caprichando no açúcar. Enquanto mexia o líquido com uma colherinha de plástico, notou um homem parado perto de uma pilastra. Estava sem os óculos, então não podia dizer muito sobre sua aparência, mas conseguia sentir os olhos do desconhecido cravados nele. A imobilidade do homem, como se fosse uma dessas estátuas vivas de rua, fez com que os cabelos se arrepiassem.

Aproximou-se da mesa onde deixara os óculos. Quando os colocou, o homem tinha sumido. Bom, se fosse um desocupado zanzando por ali, Osvaldo e seus 130 quilos se encarregariam dele.

Folheou o livro várias vezes até achar o trecho onde parara. Quando o encontrou e se ajeitava na cadeira sentiu algo estranho. O homem estava parado do lado de fora, bem na sua frente. Quase colado ao vidro, encarava-o fixamente.

Soltou o ar dos pulmões de uma vez. Sua mão acertou o copo de café, que caiu no chão, derramando o conteúdo e, no caminho, sujando sua calça. O recém-chegado continuava a encará-lo sem dizer nada, com uma expressão vazia no rosto e nos olhos. Gilberto conteve, a custo, um palavrão. Articulou:

— Boa noite. Posso ajudar?

O rosto do homem mudou. A expressão que lembrava a de uma estátua de cera deu lugar a um sorriso cordial.

— Desculpe por chegar assim. Estou precisando de ajuda com o meu carro.

— O que houve com ele? Não se lembra de onde o deixou? — Depois percebeu que a pergunta soava idiota pelos poucos carros estacionados. Pelo sim, pelo não, era uma forma de disfarçar o susto.

— Não, não. A porta do motorista de vez em quando trava, e precisa de um pouco de jeito e um pouco de força pra abrir. Não sei qual das duas falta em mim hoje.

O homem à sua frente aparentava ter entre 40 e 50 anos. Os cabelos grisalhos e fartos, o porte franzino e o rosto magro conferiam-lhe um ar de fragilidade. Gilberto notou que o homem carregava um livro embaixo do braço esquerdo e tinha pelo menos três canetas no bolso

TURNO DO BACURAU

da camisa social. Parecia um professor rumando à aposentadoria.

— Só um minuto.

O homem com ar de professor fez uma rápida mesura com a cabeça em sinal de consentimento e se afastou do vidro, ficando a observar o estacionamento.

Gilberto pegou seu walkie-talkie e tentou falar com Osvaldo. Chamou por ele várias vezes sem obter resposta. Escreveu um pequeno recado de "volto já" com pincel atômico e o prendeu na porta do aquário com durex.

— Deixei meu carro no andar aí de cima, o terceiro para ser mais exato. Até procurei outro cliente pra me ajudar, mas hoje parece que o movimento está meio fraco.

— Pois é... quase final de mês e poucos clientes se animam em vir aqui neste horário.

Caminharam em silêncio na direção do elevador. Enquanto andavam, Gilberto deu mais uma olhada em volta para tentar avistar Osvaldo. Nem sinal dele.

O contraste entre o primeiro e o terceiro andar chocava. Vários pontos estavam às escuras por causa de lâmpadas queimadas. As que ainda funcionavam exibiam camadas grossas de poeira. A pintura descascava e as pichações não ajudavam a tornar o ambiente agradável. Enquanto andava, Gilberto conseguiu ler coisas como "Lixo de Mercado", "Pichei e saí correndo...", "Bonde da Navalha", "Me pinte por favor", "Ele vem te pegar".

Como funcionário responsável, Gilberto sentiu certo mal-estar pela má conservação. Procurou iniciar uma conversa para distrair o homem.

— Gosta deste horário pra fazer suas compras?

— Pra mim é mais confortável. Minha loja me absorve muito. Mesmo depois que as portas se fecham, ficam assuntos pendentes. E depois que minha esposa se foi, fico mais tempo fora de casa...

— Desculpe perguntar, mas qual o ramo do senhor?

— Comércio. Tenho um pequeno bazar. Um brechó eclético, digamos assim. Coisas novas e antiguidades. Falando nisso, notei que o senhor lia quando eu cheguei.

— Sim, sim. Estou preparando um seminário sobre semiótica. Peguei um livro da biblioteca da faculdade...

— Semiótica. Um assunto muito interessante. Indico Saussure. Recebo alguns livros na minha loja. Se não me engano, acredito que

HEDJAN C.S.

tenha alguma coisa dele no carro. Estou levando algumas obras para casa, para mostrar a um livreiro.

— Nossa. Tenho uma dificuldade imensa em encontrar alguns autores na biblioteca da faculdade e o preço nas livrarias é um roubo.

— Façamos assim: eu empresto o livro para o senhor. Quando tiver apresentado seu seminário, o senhor me devolve ou o compra. Quero ajudar um jovem estudante.

— Seria muita bondade, mas não sei. Sou desastrado e poderia danificá-lo. Aí o senhor teria de esperar eu me formar pra poder pagar pelo estrago.

O homem deu uma risada curta.

— Não se preocupe com isso. Eu sei onde o senhor trabalha.

O homem apontou um local parcialmente iluminado onde havia apenas um carro. A lâmpada sobre ele piscava. Gilberto viu um antigo Opala SS brilhando de tão limpo, como se tivesse acabado de ser polido. A pouca luz não permitia identificar se ele era preto ou azul-petróleo.

— Um belo carro. Muito bem conservado.

O vidro escuro impedia a visão do interior. Havia um adesivo no vidro de trás, um "A" dentro de um círculo, o símbolo estilizado da anarquia. Gilberto pensou distraidamente que, à primeira vista, imaginou o homem escutando MPB ou bossa nova enquanto dirigia. Agora achava que rock'n'roll era mais adequado.

— Já tentei várias vezes, mas realmente não consegui abrir.

Como um mágico apresentando seu truque, colocou a chave na porta e demonstrou.

— Deixe-me tentar. Caso não dê certo, podemos chamar o mecânico 24h... Temos um cartão dele lá na central.

— Acho que não será necessário. — O homem estendeu a chave para Gilberto. Ela estava presa no que parecia ser um pé de coelho branco que parecia novinho. — Pra dar sorte? — perguntou ele, sorrindo.

O homem não sorriu de volta. Encarava-o com o mesmo rosto sem expressão de quando o vira pela primeira vez. Algo naquele rosto fez com que, pela segunda vez naquela noite, os cabelos de Gilberto se eriçassem. O jovem desfez o sorriso. Virou-se para o carro e colocou a chave. Virou algumas vezes, sem resultado. Tirou a chave e tentou de novo. Sentia o homem parado às suas costas, quieto como um gato, os olhos cravados em sua nuca. Dessa vez a porta abriu. Gilberto sentiu o cheiro inconfundível de estofamento novo vindo do interior do carro. Adoraria entrar só pra dar uma volta pelo quarteirão.

Gilberto ouviu a voz do homem atrás dele soar gentil:

— Os livros estão no banco de trás. Acredito que um deles possa interessá-lo. Fique à vontade para entrar. Pegue o que desejar.

Gilberto sorriu outra vez. Uma boa ação recompensada. Olhou para dentro do carro e viu os bancos da frente, cinzentos e estalando de novos. Pena que aquele não fosse um modelo quatro portas. Não queria sujar os bancos do carro. Enquanto se inclinava para dentro, o homem disse:

— Um outro dia eu volto para buscar. Estou sempre aqui. Estarei sempre aqui.

Sem entrar no carro, com o corpo abaixado, tentou ver o que havia no banco de trás, mas estava muito escuro. Teve a impressão de divisar alguém sentado lá, mas não podia ser. O homem disse que só havia livros ali. Ele inclinou-se, se preparando para entrar no carro. Sim, havia alguém. Conseguiu ver os contornos da cabeça e dos ombros. Mas algo estava errado.

Uma mão forte segurou seu ombro. Ele tentou resistir. Outra mão segurou seu braço perto do cotovelo e ele foi puxado para trás com um tranco que quase o jogou no chão. Olhou aturdido. Com uma expressão de puro medo, Osvaldo o encarava.

— Que merda você acha que está fazendo?!

— Estava ajudando o senhor... A porta do carro dele emperrou. Deixei um recado pra você, não viu?

— Que senhor?

Gilberto olhou em volta. Só estavam os dois ali.

— O dono do carro. Um senhorzinho de cabelos brancos... — Apontou para o carro às suas costas. Notando que Osvaldo olhava para onde ele apontava com uma expressão de horror, Gilberto virou-se.

Não havia carro nenhum ali. O espaço da vaga estava vazio, com um único cone de sinalização laranja colocado próximo do centro. No chão havia uma mancha preta com cantos acinzentados, como se alguém tivesse jogado soda cáustica ali.

— Você viu um carro aí? Você viu o dono desse carro?

Gilberto olhava o cone sem saber o que dizer. Osvaldo colocou a mão gigantesca no ombro dele de maneira brusca. Voltaram para o posto, andando apressadamente, descendo pela rampa. Osvaldo não quis esperar o elevador.

Entraram, com Osvaldo ainda conduzindo Gilberto como um professor levando o aluno bagunceiro para a secretaria. Osvaldo fechou a porta e passou a chave, coisa que não costumava fazer. Gilberto foi se sentar enquanto Osvaldo enchia dois copos de café. Colocou um dos copos próximo de Gilberto e sentou-se, aproximando a cadeira até estarem bem perto. Gilberto tentava falar:

— Seu Osvaldo, eu não sei o que houve... O tal senhor me pediu ajuda, eu o acompanhei. A porta do carro não abria...

Osvaldo mantinha os olhos fixos no chão.

— Um homem magro, grisalho...

— Você o viu?

Osvaldo bebeu um gole de café. Gilberto notou que a mão do colega tremia e por pouco não derramou o líquido na própria camisa.

— Graças a Deus, não. — Parou de olhar o chão e seus olhos se fixaram nos de Gilberto.

O jovem notou que seu colega Osvaldo, ex-leão de chácara de inferninho, ex-soldado da infantaria do exército, faixa marrom em caratê e zagueiro do time do mercado estava com medo. Mas não era o medo típico de adultos, de ficar duro antes do fim do mês ou de receber uma má notícia do médico depois de uma consulta de rotina. O medo nos olhos e no rosto de Osvaldo era o mesmo de uma criança deixada sozinha numa sala escura.

— E só por isso continuo trabalhando aqui. — Osvaldo olhou pela janela do aquário. — Só vou contar essa história uma vez, certo? Coisa de uns dois anos atrás o mercado só funcionava até dez da noite. Meia-noite nas sextas e sábados. Nessa época eu não trabalhava aqui. Algumas pessoas deixavam os carros aqui durante a noite. O antigo chefe da segurança ganhava dinheiro usando o espaço do mercado como seu estacionamento particular. Ninguém estranhava carros dormindo aqui ou ficando dias seguidos estacionados no mesmo lugar. Um belo domingo de manhã, uma cliente veio reclamar. — Osvaldo bebeu outro gole de café. As mãos tremiam um pouco menos. — A mulher reclamou do cheiro do terceiro andar. Outros já haviam comentado, mas essa cliente não ficou contente em falar com o pessoal daqui e acabou indo ao diretor em pessoa. No começo, acharam que fosse algum animal morto por lá ou até um cano de esgoto estourado. Mandaram o pessoal da conservação de patrimônio e eles não acharam nada, mas conseguiram determinar que o cheiro vinha do Opala. Alguém podia ter esquecido a carne que comprou pro churrasco de sábado no porta-malas.

TURNO DO BACURAU

"Como não acharam o dono do carro, o chefe da segurança ligou pra um policial amigo dele pra saber se o carro era roubado. Deram a placa, não havia nada. Resolveram chamar um mecânico, que abriu a porta. O dono do carro estava lá dentro. Morto da Silva e pra lá de podre no banco de trás. O cara que abriu a porta disse que nunca mais ia comer carne e o próprio chefe da segurança botou os bofes pra fora.

"A polícia identificou o presunto pela carteira de motorista no porta-luvas, junto de uma carta de suicídio. Parece que morava aqui por perto. A esposa havia deixado ele meses antes e fugido com outro cara. O tal que se matou tinha dinheiro pra caramba e acabou com a vida por causa de mulher, acredita? Não sei se era um cara tão legal. Ninguém nem procurou a polícia pra dizer que ele estava sumido. No fim das contas, a polícia levou o carro e o corpo...

"Muita gente aqui conhece essa história, mas não gosta de falar. Também, falar pra quê? Se eu não tivesse te visto lá, você nunca saberia nada por mim."

Um carro prateado cruzou o estacionamento em direção à saída.

— Mais alguém...

— Se mais alguém viu? Um moleque que entrava aqui só pra vandalizar carros foi encontrado lá em cima. Todo borrado e encolhido no chão. Os bombeiros tiveram de levar o infeliz. Ele viu alguma coisa. Nunca saiu nos jornais, mas antes de colocarem as grades no segundo e terceiro andar, pelo menos umas seis pessoas se jogaram de lá. Eu já estava aqui quando aconteceu. — Jogou o copo na lixeira. Continuou num tom mais baixo: — Mas tem coisa pior. Já teve gente que sumiu por lá, sabia? Gente que entrou pra fazer compras e nunca mais saiu. Já rebocaram uns dois carros aí de cima por conta disso. Mas quantos foram mesmo só Deus sabe. Um conselho: segue sua vida, seus estudos e arrume um emprego melhor. Se for ficar por aqui, esquece essa história. Trabalhar de noite não é fácil. O sono nos prega peças, certo? Melhor voltar pra sua leitura. Estou vendo que você trouxe mais de um livro.

Gilberto olhou na direção da sua mesa e viu que havia um exemplar antigo e bem conservado do livro *Curso de Linguística Geral*, de Ferdinand de Saussure.

Na sua mente, ouviu a voz do homem:

"Um outro dia eu volto para buscar. Estou sempre aqui. Estarei sempre aqui."

HEDJAN C.S.

RODRIGO RAMOS, designer, crítico e pesquisador de histórias em quadrinhos, Rodrigo foi coautor da enciclopédia *Medo de Palhaço* em 2016 e, logo em seguida, estreou na ficção com contos de horror para os dois volumes da série *Narrativas do Medo*. Em 2017 publicou sua primeira HQ, *Carniça*, ao lado de Marcel Bartholo, inaugurando o selo Carniça Quadrinhos, pelo qual também lançou *Lama* e *Canil*. Em 2019 coeditou e coorganizou a coletânea *VHS*, vencedora do HQ Mix de Melhor Publicação Independente de Grupo. Em 2020 lançou as webcomics *Clayton Cross* e a série *Causos*, ambas publicadas diretamente no Instagram.

CLARICE

Rodrigo Ramos

Clarice levou a lata de cerveja até a boca e constatou que o conteúdo do recipiente havia acabado algum tempo atrás.

Suspirou, desapontada, e voltou a zapear pelos poucos canais abertos que ainda pegavam em sua velha televisão. Após alguns minutos rodando, parou em um programa de auditório qualquer, ao qual não estava prestando atenção alguma. Então encarou o aparelho de TV por mais alguns minutos, sem pensar em nada, até seu estomago roncar.

Levantou-se da poltrona surrada e percorreu os corredores do velho apartamento por entre caixas de jornais e revistas velhas dos quais não conseguia se livrar. Na cozinha, pilhas de louça suja acumulada atraíam insetos que fugiam assustados ao acender da lâmpada. Pegou um pacote de salgadinhos e abriu a geladeira em busca de uma nova lata de cerveja.

Suspirou novamente ao se lembrar de que o rapaz do mercado só traria as compras no dia seguinte. Teria que se virar sem a bebida até lá. Já passava das oito da noite. Pelo menos não teria que esperar tanto. Não gostava de ficar sem cervejas na geladeira. Enquanto despejava o salgadinho em um vasilhame, o interfone tocou.

BZZZT...

Clarice não costumava receber visitas e as encomendas feitas no dia anterior só seriam entregues na segunda-feira pela manhã. Desconfiada e certa de que seria um engano, decidiu retirar o interfone do gancho, mas, antes que o fizesse, o aparelho tocou pela segunda vez.

BZZZT...

— Q-quem é? — perguntou, tímida.

Do outro lado, apenas o ruído branco do silêncio. Fosse quem fosse, percebeu o engano e partiu, ela pensou. Ao colocar o interfone de volta no gancho, seus olhos pousaram sobre a tigela cheia de ração para gato no canto da cozinha. Sentiu um aperto no peito. Chester fugira havia mais de uma semana e não havia qualquer sinal de que voltaria. Talvez se ela saísse e perguntasse na vizinhança. Ou colasse alguns cartazes nos pontos de ônibus da região...

BZZZT...

O ruído do interfone dissipou suas ideias malucas com um susto. Sacou rapidamente o aparelho do gancho e novamente não havia ninguém do outro lado. Correu até a área de serviço e, subindo num banquinho, pôde olhar pelo pequeno vitrô em direção à portaria do prédio. Não havia ninguém.

— Vá atormentar outra pessoa!

Voltou arrastando as velhas e desbotadas pantufas de coelho até a sala, onde se esparramou novamente na poltrona com a tigela de salgadinhos no colo, tentando adivinhar as palavras escondidas no jogo do programa na TV. Ao lado do aparelho, um porta-retratos exibia uma foto mal impressa de um gato cinzento. Clarice pegou no sono alguns minutos depois de esvaziar a tigela de salgadinhos.

Já passava das dez quando acordou com um pulo. Estava sonhando com algo. Algo bom. Algo que a deixou com um vazio no peito e os olhos cheios d'água. Sonhara com sua juventude. Com seus amigos. Sua família. Sonhara com o marido que partiu muito cedo. Sonhara com Chester.

Rendendo-se ao apelo cruel da nostalgia, Clarice se levantou e foi até o quarto. Revirou algumas caixas de papelão e encontrou um antigo álbum de fotografias empoeirado, com diversas manchas pretas de mofo salpicando as páginas aqui e ali. Sentou-se à beira da cama de casal e repousou o velho álbum no colo, folheando suas páginas delicadamente como quem examina um tesouro de outros tempos.

BZZZT...

Colocou o álbum sobre a cama e correu até a cozinha, decidida a dar uma boa dura em quem quer que estivesse chamando. Puxou o interfone com tudo e, num fôlego só, colocou tudo para fora.

— Vá encher o saco de outra pessoa! Eu não tenho tempo pra esse tipo de brincadeira não! Eu tenho mais o que fazer! Está me ouvindo?

Silêncio. Apenas o ruído branco da linha antiga e cheia de interferências. Seu coração batia forte e ela tremia. Pequenas gotas de suor se formaram em sua testa. Acreditando ter espantado quem quer que fosse, voltou para o quarto, deixando o interfone dependurado, girando em silêncio na cozinha escura.

Da mesma caixa onde estava o álbum de fotografias, Clarice tirou uma pequena caixa de madeira. Lá dentro, envelopes amarelados protegiam todas as cartas trocadas com seu marido enquanto ainda namoravam, um ingresso de cinema de seu primeiro encontro e, embaixo de tudo, ainda reluzente depois de tantos anos, um par de alianças douradas. O sono chegou em meio a lágrimas e soluços.

BZZZT...

BZZZT...

Sem entender exatamente o que estava acontecendo, Clarice se levantou e caminhou até a cozinha. Ela podia jurar que havia deixado o interfone fora do gancho, mas, ao acender a luz, lá estava ele, tocando alto e insistentemente. Ainda naquele estado entorpecido de quem acaba de acordar no meio da madrugada, ela perguntou, bocejando, e esfregando os olhos:

— Quem é?

Nada. Mas, dessa vez, ela pôde perceber o som da respiração de quem quer que estivesse do outro lado. Uma respiração suave e tranquila. Quase imperceptível, mas que parecia estar se aproximando. Clarice sentiu um arrepio subir por sua espinha e já estava quase desligando o aparelho quando ouviu. Uma voz masculina. Chiada.

— Clarice?

Com o susto, Clarice bateu o interfone no gancho e se afastou, apoiando-se na pia com o coração disparado. O relógio na parede já marcava duas e quarenta da manhã. Fosse lá quem fosse o misterioso visitante, agora ela sabia que ele estava atrás dela. Ele a chamou pelo nome. Ela sentiu sua respiração. Ele era real.

Correu para a sala, pegou o telefone e sentou-se na ponta da velha poltrona. Pensou em ligar para alguém. Mas para quem? Polícia? O que eles poderiam fazer por ela sem uma descrição correta do visitante? Eles não fariam companhia para ela até o dia raiar. A polícia tem muito que fazer. Todo mundo tem muito o que fazer para se preocupar com ela. Era só trancar a porta, se proteger e esperar amanhecer. Talvez ela pudesse conversar com o menino das compras.

Clarice não conseguia se decidir se ligava para alguém. Se ligasse, talvez quisessem entrar em sua casa. Iriam comentar sobre suas coisas. Veriam sua intimidade. E ela havia prometido a si mesma nunca mais deixar que ninguém chegasse tão perto. Ela não queria mais saber de ninguém lá de fora. Eles não estavam por perto quando ela precisou. Então ela não precisaria mais deles. E colocou o telefone de volta na mesinha lateral.

Já sem sono, ligou a TV, deparando-se com um pastor engomadinho que falava sobre como Deus protege os seus. Bobagem! Onde estava Deus quando seu marido se foi? Onde estava Deus quando deixou que Chester fosse embora, a deixando sozinha novamente? Onde está Deus que deixa esse estranho chamá-la de madrugada quando ela não tem ninguém a quem recorrer? Mudou de canal, procurando algo para se distrair. Encontrou um filme sobre um pai que enfrentava um grupo de sequestradores para encontrar sua mulher e sua filha. Mais bobagem!

BZZZT...
BZZZT...
BZZZT...

Os toques se tornavam cada vez mais insistentes. O estranho visitante não a deixaria em paz até que ela o recebesse. Que ouvisse o que ele tinha a dizer. Munida de toda a coragem que só o desespero traz, ainda que com a certeza de que não deveria falar com quem quer que fosse, Clarice atendeu o interfone e a voz chiada resmungou.

— Clarice?
— Sim. O que você quer de mim?
— Deixe-me entrar.
— Não.
— Você sabe que quer. Eu sou tudo o que você precisa.
— Vá embora!
— Clarice?
— Fala!
— Eu não vou embora até você me deixar entrar.

 CLARICE

Clarice bateu o interfone no gancho e sentou-se no chão da cozinha, abraçando os joelhos, aos prantos. Olhou para as ridículas pantufas de coelho e atirou-as longe. Uma delas acertou a tigela de ração, espalhando comida de gato pelo chão da cozinha. Clarice se levantou e chutou a tigela para longe.

— Seu ingrato desgraçado!

Clarice abriu o armário da cozinha e tirou de lá um saco de ração que havia comprado antes de Chester sumir. Enfiou o saco na lata de lixo e foi para a sala, onde ficavam a caminha e os brinquedos preferidos de seu gato cinzento. Amontoando tudo embaixo dos braços, levou os objetos até a lixeira. Estava socando a caminha para dentro da lata quando ouviu um suave bater na porta de seu apartamento.

Toc... Toc... Toc...

Talvez um vizinho tenha descido para reclamar do barulho. Finalmente ela teria alguém com quem conversar e contar sobre o misterioso visitante. Calçou as pantufas e correu até o corredor. Estava prestes a responder quando um arrepio percorreu sua espinha. E se alguém o tivesse deixado entrar?

Nas pontas dos pés, foi até a porta e, posicionando-se cuidadosamente para que ninguém visse sua sombra por baixo da porta, esticou-se até o olho mágico. O hall em frente ao seu apartamento estava vazio. O elevador não estava lá e a luz automática estava apagada. Talvez o vizinho de cima tivesse ouvido seu chilique e batido no chão. Clarice voltou para a sala e sentou-se em frente à TV. Ao lado do aparelho, a última lembrança de seu amigo desaparecido: a foto mal impressa do gato cinzento. Com um nó na garganta, Clarice levantou-se, abriu a parte traseira do porta-retratos, retirou a foto e rasgou-a em mil pedacinhos. Foi até o quarto, pegou a caixa de madeira, colocou o par de alianças em seus dedos e também rasgou as velhas cartas e o ingresso de cinema.

TOC! TOC! TOC!

As batidas estavam mais fortes agora. Definitivamente alguém estava batendo à sua porta. Clarice levantou-se devagar e caminhou até o corredor. Esticou-se até o olho-mágico e pôde ver um enorme vulto negro parado no hall, silencioso. Enquanto destrancava todas as chaves, Clarice respondeu:

— Já vai! — Juntando toda a coragem do mundo, Clarice abriu a porta devagar e finalmente pôde ver o rosto de seu misterioso visitante. Aliviada depois de tanto tempo, ela o recebeu. — Entra. Pode entrar!

RODRIGO RAMOS

Quase dois meses depois, o síndico do prédio tocou a campainha de Clarice. O condomínio já estava atrasado pelo segundo mês consecutivo e era seu papel cobrar cada um dos moradores quando os pagamentos atrasavam. Após insistir algumas vezes, o homem percebeu o cheiro podre preenchendo aos poucos o pequeno hall.

Tremendo, o homem procurou a sua cópia da chave e abriu a porta do apartamento. Larvas e baratas se contorciam na pia e no chão da cozinha. Enojado e cobrindo a boca para conter o vômito, o síndico percorreu o labirinto de caixas e revistas velhas até a sala. O cheiro se tornava mais forte conforme se aproximava do quarto.

A essa altura, já era impossível respirar no pequeno apartamento. As janelas estavam todas cobertas com lona e papelão, mas em meio à penumbra ele pôde ver de onde o cheiro vinha. Deitada na cama, como se crucificada, Clarice estava apodrecendo com seus dois pulsos cortados. Na mão direita, um caco de vidro do porta-retrato ensanguentado.

Cansada de sua vida sozinha naquele apartamento escuro, Clarice recebeu seu misterioso visitante de braços abertos.

JULIANA DAGLIO tem um pé na fantasia e outro na realidade, apenas para bisbilhotar. Dividindo seu tempo entre seu trabalho numa editora, a Psicologia Clínica e a escrita, se esconde em com o marido e três gatos. Seu primeiro livro publicado é *Uma Canção para a Libélula* (2014), agora disponível em formato digital na Amazon; seu primeiro romance de terror, *Lacrymosa*, foi publicado em 2019 pela Bertrand Brasil e pode ser encontrado nas grandes livrarias. Além destes, *O Lago Negro*, *Valek* e *A vovó Chamou o Diabo para Ceia* também são alguns de seus trabalhos.

OLHA O QUE EU FIZ PARA VOCÊ

Juliana Daglio

Vince96 é definitivamente uma pessoa gato.

Havia algumas semanas, descobrira uma teoria sobre isso. Há pessoas que se identificam mais com os felinos, outras, com caninos. O garoto, no auge do isolamento social dos seus dezesseis anos, era apegado demais ao local onde vivia e à sua caixinha de areia particular para sair agradando os humanos, pedindo comida com olhos famintos. Ademais, seus melhores amigos ronronavam.

Um deles agora se enrolava entre suas pernas, enquanto Vince96 mantinha os olhos atentos à tela do computador. Seus outros amigos — os que eram quase imaginários, pois só existiam através dos fones de ouvido e do aplicativo de mensagens — precisavam dele para uma batalha online. Vince96 não tinha mais nome. Era um char. Um avatar num mundo feito de pixels.

Ao longe, a mãe começou a gritar por sua alcunha antiga, chamando-o para o jantar.

Mas quem estava ali era Vince96.

— Droga! — protestou, usando o tom rouco que mal começava a se formar. — Caralho, Dark, eu tava quase na base!

— Foi culpa minha, cara — respondeu Dark, num tom de afobação e derrota. — Minha internet tá lagada. Vou precisar reiniciar.

Vince96 esfregava o rosto vezes demais. A pele oleosa exalava aquele aroma sutil de epiderme cansada. O corpo de um adolescente que não dormia havia mais de vinte horas e só ingeriu Coca-Cola e hambúrguer descongelado. Sua mãe prosseguia chamando, mas agora também tinha a irmãzinha chata cantando alguma coisa na sala com aquela voz ardida de menina de cinco anos.

— Tá foda me concentrar hoje aqui — respondeu finalmente, quase exausto. — Minha irmã fica gritando, caralho! — berrou, para que ela ouvisse também.

Lá fora, a musiquinha cessou. Só restavam os sons dos passos pelo linóleo, reverberando pela casa toda, como se dissessem a Vince96 que ele morava com fantasmas, que o mundo real ficava mesmo dentro da tela. Seu lar físico era só uma comunhão de estímulos sensoriais.

— Os caras vão ter que sair agora — disse a voz de Dark, modificada pelo efeito daquele fone ruim, com sonidos arrastados. — Vou aproveitar pra reiniciar. Vamo tentar mais tarde. Fica on-line, porra!

Vince96 sentiu o gato serpentear por suas pernas. Esticou a mão para pegá-lo no colo e encarou a tela mais uma vez. Seus olhos estavam cansados, mas o que Dark dizia era uma ordem.

— Não vou nem reiniciar, minha internet tá colaborando hoje — respondeu rapidamente, enquanto o felino ronronava em seu colo. — O problema é que minha velha não para de chamar. Fico esperando você voltar.

Dark resmungou do outro lado. Os dois se conheciam havia cinco anos; nunca se viram pessoalmente, mas o garoto a dois estados de distância era mais real do que a voz que chamava Vince96 para o jantar. Talvez mais real que Simon, o gato rajado de olhos amarelos.

Sem mais, Dark deslogou. Vince96 experimentou um segundo de completa solidão. Ao fundo, o som das panelas o convocava para fora do mundo digital, o odor de sua pele se tornava pungente e o cansaço em suas costas denunciava a negligência pessoal. Pensou em se levantar, tomar um banho e ver o que sua mãe tinha feito para comer.

Eram pensamentos lentos, difíceis de executar, no entanto.

Logo, uma batida à porta do quarto o interrompeu. Eram leves, mas insistentes. Vince96 nem se moveu na cadeira desconfortável.

— Abre pra mim! — implorou a voz da irmã, em tom infantil choroso.

Ele revirou os olhos. Nunca gostou da fedelha. Mal olhou para a cara dela desde que nasceu.

— Vai embora, Martina!

— Você vai abrir pra mim, de um jeito ou de outro — emendou ela, decidida.

Soou adulta demais, ele notou. Mas outra coisa lhe mais chamou atenção, fazendo esquecer rapidamente da irmã.

Manthus333 está online.

Um antigo amigo, que raramente se logava para jogar, mas quando aparecia era um dos melhores. Manthus se dizia mais velho que os garotos, já com seus vinte anos, mas ainda preocupado com jogos e pontuações no ranking.

Vince96 se conectou imediatamente, empolgado com o retorno do rapaz. Podia ouvir Martina rindo, os passinhos dela indo para longe no corredor. Estava em paz novamente.

Colocou Simon no chão, sob um protesto em forma de miado. Em seguida já estava digitando rapidamente uma saudação ao amigo, convidando-o para uma batalha.

Cara, eu queria mesmo jogar, mas tô desgraçado da cabeça com um vídeo que recebi hoje, digitou Manthus333.

Vince96 não reagiu com interesse. Não parecia importante.

— A comida tá na mesa! — berrava a mãe lá fora, batendo as portas com impaciência.

— Já vou, mãe!

Sabiam, ambos, que não iria.

A mentira às vezes faz parte de quem você é.

Viu o vídeo da Samara? Hahahah, digitou, apressado e sedento para começar o jogo. *Se você for morrer em sete dias, passa o login da sua conta, desgraçado.*

Não, é sério, seu bosta! Vê isso agora e me fala se não é de desgraçar qualquer um.

Um link pipocou na tela. Manthus333 não era como os outros, que conversam por voz. Seu avatar não era uma foto dele, mas sim de uma figura com chifres e cartas na mão. No mundo dos garotos e jogos, ninguém quer ver sua cara, ninguém se importa com uma mentirinha dessas. Pela primeira vez, no entanto, Vince96 sentiu uma estranheza. Olhando o link em letras azuis no canto da tela, considerou que Manthus333 poderia estar zoando com sua cara, pretendendo roubar sua conta, talvez foder seu PC com vírus ou links de pornografia.

www.scarytapesmissing.com/girldiesinacemetery2006
O que é isso, cara?! Tá me mandando vírus?
É um vídeo que vazou da deep web. Falaram que a garotinha ali é um belzebu da pesada. Tá com medo, filhinho da mamãe?
Medo seu cú! Se isso estragar minha máquina, cê tá fodido comigo.

Manthus333 não respondeu à ameaça quase infantil, mas Vince96 se sentiu de fato um bosta. Abriu de uma vez o link, que imediatamente o redirecionou para um site todo modulado em preto e branco, sem nenhuma identificação. A caixa do vídeo carregou lentamente, demorando para exibir o botão do play. Vince96 só podia ver a imagem congelada ao fundo, também em preto e branco. Era um cemitério filmado de dentro, mostrando que o autor do vídeo estava ali, junto à cena.

Simon miou num som comprido, desses que se assemelham muito com a voz humana perto do choro. Um arrepio subiu pela nuca de Vince96, mirando o rosto de seu animal como se visse ali um aviso. Um pedido.

Novamente esfregou o rosto viscoso. Sentia-se ridículo evitando aquele clique. Seu dedo trêmulo de cansaço arrastou o mouse e clicou na seta vermelha, dando início ao vídeo. Levou dez segundos para o visor parar de girar, sinalizando o arquivo carregado.

A imagem migrou para outro ponto do cemitério. Era quase estático, não fosse pelo movimento de folhas secas e lixo revoando entre as lápides esparsas, como dentes tortos numa boca cheia de tártaro. Os corredores eram de cimento, mas o espaço entre as sepulturas formava um gramado de aparência áspera. Ao fundo, uma presença se aproximava. Vince96 apertou os olhos e chegou mais perto do monitor. Não havia som, apenas um ruído leve de estática.

A silhueta ao fundo vinha acompanhada, cada vez mais rápido, de outras sombras menores. Não demorou para Vince96 compreender que era uma garotinha cercada de gatos. Os olhos dela brilhavam num tom vítreo de verde, típico em filmagens noturnas, ao passo que os olhos dos gatos bruxuleavam como lâmpadas vermelhas. Eram cinco animais.

A menina dançava entre eles, pulando como se estivesse em um

OLHA O QUE EU FIZ PARA VOCÊ

parque de diversões, não na morada dos mortos. Não conseguia ver o rosto dela, mas algo naquela compleição lhe pareceu familiar.

A câmera mudou de lugar em seguida, para o ponto que estava na imagem inicial. Era um local de terra aberto entre sepulturas distantes. Ventava mais, pois o lixo e as folhas se espalhavam pelo espaço como uma chuva negra e irregular. Um chilreio despontou no fundo, crescendo devagar feito uma voz fazendo uma oração cada vez mais apressada. Vince96 ficou intrigado, aguardando, a mão congelada sobre o mouse, parada no botão que poderia pausar o vídeo a qualquer momento.

Simon miou de forma longa outra vez.

O chilreio aumentou.

A menina entrou no campo de visão, dando pulinhos até a beira de uma cova aberta no chão, seu rosto deformado pelos pixels de baixa qualidade. Em seguida, sem floreiros, começou a pegar os gatos e a jogar dentro do buraco.

— Filha da puta! — rosnou Vince96, com raiva. Ficou observando até que ela jogasse o último dos pequenos animais. Nenhum deles voltou. Atípico para os felinos, que tinham potencial de sair de qualquer enrascada.

A imagem travou, cheia de traços irregulares e distorções.

Quando voltou, a menina estava muito perto. Seus olhos claros tomando conta da tela. Uma risada infantil irrompendo os fones, fazendo com que Vince96 os retirasse com um grito oco.

— Maldita! — vociferou, ofegando. Seus olhos ainda estavam no vídeo, que prosseguia com a menina ali em frente à câmera, a risada dela vindo de longe pelos alto-falantes largados na mesa.

Simon cutucava Vince96, passando a pata ligeiramente em sua perna. Contudo, o garoto não conseguia desviar o olhar.

A menina então foi afastada, como se atrás dela alguém a puxasse. Seu corpo foi lançado na cova dos gatos, uma sombra negra se espalhando atrás, tapando toda a imagem do fundo. Vince96 sentiu o coração pulsar com mais força, o suor brotar por toda a extensão das costas.

Meio minuto depois, duas pequenas mãos surgiram da cova. Escalando, enterrando as unhas na terra conforme elevavam o corpo. A menina saiu de lá, coberta de sangue, os cabelos claros puros em lama escorridos pelo vestido rendado. O choro veio em seguida, distante, doloroso. Um choro infantil, verdadeiro, como só as crianças podem chorar.

Feito uma aranha, a menina se colocou para fora, permanecendo na horizontal conforme se arrastava dali. Seu corpo estava estranho, desconjuntado. Não parecia mais humano.

Num movimento abrupto a menina se virou de barriga para cima. Um grito apareceu ao fundo, mas não vinha dela. Era como se viesse de todos os lados, e de lugar nenhum. Assustado e perplexo, Vince96 assistiu a barriga da menina ser aberta como se por uma faca invisível, e suas vísceras escorrerem para os lados, transbordando ao som do doloroso grito.

Os gatos vieram em seguida, lambendo o sangue enquanto a garotinha ainda estava viva. Um deles subiu em seu peito, enterrou a cabeça no ferimento e a devorou, faminto. Com um miado agudo, o vídeo foi finalizado.

O miado era de Simon que arranhava, desesperado, suas canelas.

— Abre a porta! — implorou Martina, com um arzinho infantil de riso. — Abre! Abre! Abre!

Vince96 agarrou um tênis surrado do chão, jogando-o com ira em direção à porta, para calar a menina. O som foi estrondoso e a fez berrar em protesto, seguido de um choro magoado.

— Não volte aqui, Martina! — gritou o mais alto que conseguiu, virando-se imediatamente para a tela.

Seu coração batia rápido, a mente estava sobremaneira turvada. O efeito macabro do vídeo ainda persistia. Dormir naquela noite seria quase impossível.

Manthus333 ficou off-line, impedindo Vince96 de despejar seus palavrões nele. Piscou os olhos, experimentando uma letargia diferente. Era como uma tontura, mas estranhamente boa. Algo dentro de si pareceu se romper, como um estralo nas dobradiças de sua mente.

Com o corpo leve e atordoado, se arrastou para a cama e ficou deitado em posição fetal, escondendo o rosto embaixo do travesseiro. O estômago roncava pela falta do jantar rejeitado, e Simon se locomovia para perto de seus pés, onde dormia todas as noites.

A menina de vestido rendado não lhe saía da cabeça.

Talvez fosse melhor pegar no sono... Talvez fosse melhor logar-se novamente. Dark o estaria esperando, afinal.

Embalado pelo atordoamento da exaustão, Vince96 pegou-se desperto repentinamente, sentando-se na cama com o peito ofegante. No entanto, não estava em seu quarto. Viu-se sobre uma lápide dura, envolto pela névoa do cemitério. O mesmo do vídeo.

 OLHA O QUE EU FIZ PARA VOCÊ

— Mãe! — gritou, olhando para os lados.

É só um sonho! Por que estou chamando minha mãe? Preciso acordar. Acordar! Acordar!

— Olha o que eu fiz pra você! — disse uma voz às suas costas.

O timbre infantil. Inocente.

Vince96 se virou de súbito, afastando-se da sepultura a passos largos. Ali, rente à superfície onde ele jazia adormecido, estava a garotinha. Cabelos loiros, claros como algodão, acompanhados de olhos azuis grandes e vivos — estrelas numa noite sem chuva. Braços roliços estendidos, entregando-lhe uma caixa.

Eu conheço essa menina? Eu já vi esse rosto?

— O-o q-que é isso? — gaguejou, tremendo em frente à menina.

Seus lábios pálidos sorriram. Dentes pequenos. Faltava-lhe um dos caninos e mais um embaixo. Janelinhas da inocência.

— Eu fiz pra você, Vince96 — continuou ela, insistindo com a caixa suspensa. — Manthus mandou. Ele gosta de você.

Engoliu em seco ao nome do amigo. O mau agouro era tão premente que Vince96 desacreditava estar num sonho agora. Era real.

— Co-como você se chama? — perguntou, cauteloso.

Foi chegando perto, preparado com as mãos para pegar o presente. A menina respirava de forma entrecortada, como se ocultasse sua ansiedade. Algo naqueles olhos ia além do pueril.

— Você sabe meu nome... — respondeu, como se ronronasse.

O mal se esconde nas coisas divinas. Como crianças. Como caixas. Como...

— Simon! — gritou Vince96 ao abrir a tampa de seu presente.

No interior daquele pequeno compartimento, repousava o cadáver de seu gato. Os olhos amarelos abertos demais, assustados. A boca escancarada com os dentes monstruosos prontos para o ataque. Estava duro feito pedra.

Vince largou a caixa no chão. Ouviu a menina rir, tão deleitosa em sua maleficência.

Correu sem parada, desviando das lápides, adentrando a névoa em busca da saída. Ao lançar uma olhadela sobre o ombro, viu que a menina estava em seu encalço.

Incapaz de manter um ritmo de fuga, tropeçou na quina de uma sepultura e caiu. Seu corpo, no entanto, não atingiu o solo de imediato. Caiu em uma cova aberta, o chão demorando a chegar. Quando seu rosto bateu na terra revirada, algo viscoso se moveu sob sua bochecha.

JULIANA DAGLIO

Vince96 nem teve tempo de absorver o impacto ao se ver cercado por cadáveres de gatos repletos de vermes que agora o buscavam, sedentos por carne viva. Gritou, arquejou, chamou novamente por sua mãe.

Tateando ao redor à procura de algo que o ajudasse a sair, encontrou também uma ossada humana. No local onde deveriam estar os olhos, havia resquícios de carne esmagada, sangue coagulado, escorrendo das órbitas vazias.

— Não... não, não! — disse choroso, o peito arfando. Era real. O cheiro pútrido, o tato dos vermes. — Manthus! — chamou, com falsa coragem. — Eu sei que é você! O que você quer?!

A risada da menininha ecoou lá em cima. Logo seus cabelos caíram no canto da cova, como Rapunzel jogando duas tranças. O rostinho cálido de oculta maldade o observava, interessado.

— Fazer a colheita — cantarolou num timbre agudo.

Com uma rapidez animalesca, a menina saltou sobre ele. Trazia na mão pequena uma navalha afiada de cabo escuro. Vince96 tentou correr, mas seus pés não o obedeciam, suas mãos não encontravam auxílio, nem sua mente colaborava para elaborar um plano de fuga.

O medo chegou ao ápice, escurecendo sua vista, liquidificando seus músculos.

Eu não quero morrer aqui! Por favor, que seja um sonho!

— Olha o que eu fiz pra você, filho — disse a voz da menina, imitando um timbre adulto. — Olha, fiz seu jantar.

Vince96 parou. Seus pés fincados no chão cheio de vermes. Ao longe, miados vinham em ecos, talvez de outro plano. No mundo dos que estavam acordados.

— Eu vou despertar a qualquer momento — rezou para si mesmo, trincando os dentes. — Você não é real.

— Olha, querido — prosseguiu a menina. Os passos dela se aproximavam, junto de uma gelidez no ar que se adensava ao redor de Vince96. — Saia desse computador e venha jantar.

Vince96 chorou. Talvez fosse a primeira vez em anos que o fazia. Fechou as mãos em punho e experimentou a amarga sensação do fim, dos últimos arrependimentos, do medo puro e pegajoso subindo pelas paredes de sua mente em frangalhos.

— Sinto muito não ter conseguido, mãe — sussurrou para si.

Virou-se, tentando ter coragem.

A menina estava ali, sorrindo. A navalha em riste, preparada.

OLHA O QUE EU FIZ PARA VOCÊ

Então se lembrou dela. Do rosto, do sorriso...
Como eu não a reconheci antes?
Mas agora não importava mais. Sua alma era parte de uma vasta colheita de garotos que nunca saíam para jantar.

Poliana guardou toda a louça do jantar, mirando o prato de seu filho sobre a mesa. Intocado. Engoliu a tristeza e a preocupação antes de jogar o guardanapo sobre a pia e se encaminhar para a sala.

Sua filha mais nova, Martina, brincava com o controle do videogame velho, fingindo que estava jogando.

— Não, você não! — disse com tom adestrador, tomando o controle das mãos pequeninas. — Está na hora de ir pra cama! Já!

A menina, loura de olhos claros, fez uma careta de choro e saiu correndo, chorando com aquele som dramático e forçado, como sempre. Por alguma razão seu coração apertou. Não fora o choro de Martina que despertara a sensação. Já estava lá, ela sabia.

Atrás dela, na soleira que dava para o corredor, Simon miou alto, como um aviso. O rabo do gato estava levantado, seus pelos eriçados.

Gatos sempre sabem das coisas, pensou de forma alarmada.

Num ímpeto de urgência, Poliana correu para o quarto de seu filho.

Ao abrir a porta, topou com a imagem de seu menino debruçado sobre o teclado do computador.

De imediato, Poliana estancou, jurando estar vendo coisas. Murmurou uma negativa para si mesma, tapando a boca com as duas mãos.

Os olhos vítreos dele, sem pálpebras, sangrando nas bordas. Aos seus pés uma poça já coagulada, como se ele estivesse ali havia dias, sangrando. Um grito oco saiu do peito da mãe, que, desesperada, caiu de joelhos, arrastando-se em direção ao cadáver do seu menino.

Não viu a tela. Não reparou a imagem congelada ali.

Era Martina rodeada de gatinhos, passeando por um cemitério.

AISLAN COULTER, formando em Letras, é autor dos livros *Cordel de Sangue* e *Twittando com o Vampiro*, ambos publicados de forma independente em e-book. Participou das antologias *Helloween* (Ed. Coerência), *Horror Show* (Ed. Skull), *Noite Macabra* (independente) e *Maldohorror* (independente).

Homem Gancho

Aislan Coulter

O homem do outdoor olhava para o leste, um olhar inexpressível e corroído pelo sol. As letras V e S não estavam ali, então o que se podia ler era *MARLBORO enha para onde está o abor*. A poeira que envolvia o alazão se perdia no tom opaco da parte do fundo da placa e as pernas do cowboy desapareceram — o vento tratou de arrastálas para longe.

A quatro metros dali — atrás do cartaz —, na entrada da colina, próximo à encosta rochosa, o carro parecia transpirar, tamanha era a quantidade de gotículas que escorriam no capô. O orvalho se assentava sobre a lataria para, em seguida, escorrer. A lua vagava por entre as nuvens e as estrelas se instalavam com o brilho das noites de verão. Alguns relâmpagos cortavam o céu ao sul, num presságio de madrugada chuvosa.

As luzes dos faróis caíam sobre a pastagem. Uma trilha de saúvas se estendia pelo chão e a sombra se projetava alongada — uma manada de búfalos com pernas de aracnídeos. Alguns mosquitos voavam por entre o feixe de luz e esbarravam no bloco óptico. Os vidros embaçados impediam qualquer tipo de exposição. Os gemidos se misturavam com o som do rádio e escapavam pela ventarola.

Rebeca Gurgel — olhos inocentes, rosto amigável, não mais do que vinte anos — sentiu um arrepio dilatar os poros e enrijecer os mamilos. A língua de Marcus deslizava no pescoço da garota, as mãos tentavam sem sucesso abrir os botões do vestido.

— Ei! — disse ela. — Acho que precisa de uma forcinha, não é mesmo?

Um sorriso selvagem esticou as bochechas e o olhar inocente se perdeu em meio à excitação. A língua saltou para fora num gesto obsceno e recuou. Os dentes morderam os lábios. Os olhos transitaram em linha reta. Os dedos lânguidos repousaram sobre a malha e abriram os botões, as unhas esmaltadas brilharam com a luz do luar que repousava no para-brisa, e os seios saltaram para fora.

A cabeça de Marcus caiu com violência e o som do rádio ficou em segundo plano. As pálpebras perderam o controle e se fecharam. Uma respiração profunda inflou o peito da garota. Os joelhos se dobraram, empurrando as pernas para baixo. A calcinha deslizou e desceu até os tornozelos. As línguas se encontraram, entrelaçadas.

Lyngstad e Fältskog sustentavam uma nota alta enquanto Benny Anderson tocava os acordes finais da canção.

A voz do locutor saltou sobre o ruído de interferência. Soou rouca e abafada. Havia uma ligeira preocupação em sua dicção.

Notícia urgente! Devanir, mais conhecido como Maníaco do Gancho, fugiu do manicômio e está nas proximidades do Km 22. É extremamente perigoso...

Os olhos de Rebeca se abriram e saltaram sobre o ombro de Marcus. Estavam arregalados e pareciam que, a qualquer momento, saltariam das órbitas.

— Pare — disse ela. — Pare... Marcus! — As mãos afundaram no peito dele, empurrando-o.

— Ei! Qual é?

Os olhos de Rebeca brilharam assustados, os lábios grossos se tornaram um filete de carne. Ela esticou o braço e aumentou o volume.

A fuga foi ontem à noite, mas só deram conta hoje pela manhã. Ele foi visto no posto Texaco do Km 18, ao noroeste, no sentido da interestadual.

— Meu Deus... Marcus... Você ouviu isso?

— É claro que eu ouvi. — Marcus desviou o olhar do painel e se voltou para Rebeca.

— Marcus! Pare... Pare!

— Ei, calma.

— Vamos embora!

— O quê?

— Vamos! — Rebeca abraçou o próprio corpo, as mãos esfregando os braços, os olhos assombrados.

— Ei... Acha mesmo que esse maluco está por aqui?

— Estou com um mau pressentimento.

— Olha, está tudo bem, tá legal? É seguro aqui dentro.

— Dizem que é o reverendo Laninho — disse ela.

— Mas do que é que você está falando?

— Reverendo Laninho. Você não o conheceu... As pessoas mais antigas que falam...

— As pessoas falam de tudo e de todos. Isso tudo é uma grande besteira.

— Foi muita coincidência, sabe? Ele sumiu na época que prenderam o assassino.

— Besteira! Essa merda dessa rádio. Puro sensacionalismo!

— Ele tinha um olhar estranho...

— Besteira! Isso tudo é uma daquelas malditas histórias de acampamento.

— Estou com medo.

— Não há com que se preocupar. Esse sujeito está longe pra burro.

— Túlio e Aniely morreram perto daqui — disse ela, encostando o rosto no peito de Marcus.

— Estamos longe. Você ouviu... Estamos no Km 22. — As mãos de Marcus bagunçaram o cabelo dela num afago.

Rebeca deu um suspiro e permaneceu com o olhar perdido contra a vidraça embaçada.

Túlio Colazzi e Aniely Mendonça morreram no verão de 64 a poucos metros de onde estava o carro de Marcus. Foi numa noite de verão, após o baile anual do clube recreativo.

Nos últimos instantes, a mão de Túlio transitou próxima à maçaneta da camionete e quase a alcançou. Os pés se arrastaram, carregando pequenos gravetos e folhas que formavam uma camada por cima da terra. A boca se abriu e se fechou sem produzir som algum. Ele tossiu e uma golfada vermelha brotou com violência dos lábios e escorreu pelo queixo, pingando no chão. O gancho que perfurara as costas brotava no peito. Dava para ouvir as fibras e os ossos se rompendo. Os olhos de Túlio apontavam, desgovernados, para todas as direções. O gancho avançou mais ou menos dois palmos à frente do peito, girou — o sangue caía com pedaços de carne — e recuou com força, saindo pelas costas.

O corpo de Túlio ficou suspenso por alguns segundos antes de cair e levantar poeira.

Seu engraçadinho, pensou Aniely, tirando a garrafa de cerveja da boca e arrotando no dorso da mão.

— Tá precisando de ajuda aí? — perguntou ela, em meio a uma gargalhada.

Ela passou as pernas sobre o câmbio, segurando a garrafa com uma das mãos, sentouse no banco do motorista e abriu a porta. Sentiu um vento varrer a face e um ardor muito forte na base do pescoço. As pernas perderam os movimentos e deslizaram para fora do automóvel. A garrafa caiu e ela emitiu um grito sufocado pelo sangue. As mãos agarraram a base do pescoço e o sangue escorreu por entre os dedos. Os olhos rolaram para dentro das órbitas. A cabeça balançou no ar e caiu, pendendo das omoplatas. A traqueia e os vasos sanguíneos despontaram do pescoço numa luminosidade vermelha e molhada. O sangue espirrou no painel, a cerveja se espalhou e borbulhou entre os pedais. O corpo desceu como se estivesse em um escorregador.

Isso tudo golpeou a mente de Rebeca no momento em que ela ouviu um ruído metálico e pesado do lado de fora, algo pontudo cavoucando a lataria. Arrastavase lentamente do começo ao fim do automóvel. As lágrimas brotaram de seus olhos — duas piscadelas — e rolaram sobre as bochechas. A boca escancarada — dava para ver a úvula balançando.

O grito fez Marcus saltar.

— Ei, o que há de errado com você, hein? — Ela girou o tronco e esticou os braços, tateando as travas das portas. — Está tudo fechado, não há com que se preocupar. Está tudo bem!

— Eu ouvi alguma coisa... Alguma coisa aí fora. — O choro diminuía no final da frase. — Por favor, vamos...

— Você precisa manter a calma, tá legal? — disse ele, sacando um pano do porta-luvas. — Veja! — Esfregou o para-brisa. — Não há nada! É só a droga do vento.

— Tem alguém aqui — insistiu ela.

Ele deu luz alta e o que se tinha pela frente era uma fileira de árvores

HOMEM GANCHO

balançantes. Desligou o rádio e abaixou um pouco o vidro. Uma orquestra silvestre avançou e penetrou o veículo: aves noturnas, grilos e um uivo distante e melancólico.

Marcus entregou o pano à Rebeca e sinalizou com a cabeça para que ela esfregasse o vidro ao lado dela. O rapaz, então, abaixouse para apanhar o cigarro no portaluvas. As mãos cavoucavam a repartição à procura do maço. Rebeca esfregou a janela, fitou a trilha que cortava a colina e uma escuridão quase palpável sepultava o lugar. Olhou de um lado para o outro, uma árvore nodosa com raízes saltadas estava à direita do veículo e os galhos balançavam, tranquilos, produzindo um ruído parecido com o que ela acabara de ouvir.

Uma vergonha repentina se apoderou dela. Um formigamento estático percorreu o seu corpo e corou as bochechas. Ergueu os olhos: a lua despontava devagar envolta por uma nuvem de luz. Estava demasiadamente grande e seu clarão banhava as árvores e o chão numa espécie de muco branco.

Eu sou uma idiota, pensou, deixando o suspiro sair alto por entre os dentes.

— Eu me comportei como uma garotinha — disse com a voz trêmula. — Me perdoe. — Ela fitava a imagem do namorado refletida no vidro, acendendo o cigarro. Marcus nada disse. A fumaça escapava de seus lábios e formava uma espécie de nuvem à sua frente. — Marcus... Por favor...

— Está tudo bem — disse, levando o cigarro à boca.

Rebeca esfregou o tecido contra o vidro mais uma vez e viu, na entrada da trilha, dois olhos flutuando em meio à escuridão. Passariam fácil por duas lanternas se não fosse a forma enorme que se movimentava embaixo deles. Ela segurou o pano com tanta força que a parte debaixo das unhas ficou branca. O homem lá fora deu um passo à frente e o clarão da lua caiu sobre ele. O rosto entrecortado pela sombra da vegetação carregava um olhar sem vida e um sorriso peçonhento. A cabeça oval, os ombros quadrados, as pernas compridas. Os braços estavam estendidos junto ao corpo, o gancho ensopado por uma calda que descia sem parar — parecia que havia acabado de sair de uma lata de tinta.

Rebeca gritou movimentando os braços e as pernas de forma frenética, esticando o corpo no banco. Marcus se assustou e soltou o cigarro. As brasas golpearam a camisa antes de caírem.

— Mas que droga! — gritou ele.

Rebeca gritava mais alto e os movimentos eram intensos.

Marcus se abaixou e tateou o tapete até encontrar o cigarro. Jogouou pela janela, segurou o volante com uma mão e com a outra girou a chave, mas nada aconteceu.

— Ele está se aproximando, Marcus!

Ele girou a chave outra vez e o motor rosnou enfraquecido.

— Mas que droga — balbuciou ele. — Vamos, vamos lá!

Tentou mais duas vezes e, na última, uma fumaça negra se desprendeu do escapamento e o carro saiu. Cortou a pastagem e pegou uma estrada curta de terra. O areeiro tentou agarrar as rodas traseiras, mas Marcus segurou o volante e acelerou. O veículo entrou na pista rodopiando. Ele parou o carro no meio da rodovia e perguntou ofegante:

— Está tudo bem com você?

— Acho que sim — disse ela com o rosto tomado pelo pavor.

— Mas que droga, Rebeca! Não tem nada lá — disse ele enquanto olhava para trás.

— Eu vi, Marcus! Juro que vi!

O rapaz soltou um suspiro e um profundo desânimo moldou o seu semblante. Seguiram ao noroeste da rodovia e durante o trajeto não disseram uma só palavra. Atravessaram o trevo da entrada principal de Rancho Oeste e se dirigiram à rua Dominicana, no centro da cidade, onde ficava a casa de Rebeca.

Marcus parou o carro. A luz íngreme do poste caía sobre o veículo numa atmosfera morna e amarelada. Ele abriu a porta e saiu. Dirigiu-se ao outro lado para cumprir o gesto de cavalheirismo que o acompanhava desde o colegial. As pernas pararam de forma brusca diante da porta do passageiro. Um vento rasteiro acompanhado de folhas secas ondulou suas calças. Ele sentiu o coração bater mais forte. Sentiu também a pele formigar, a pressão subir. O medo o atingiu em cheio. As mãos estavam trêmulas e ele não tinha o controle da própria respiração. Os dentes começaram a bater.

Rebeca, vendo o olhar de espanto do namorado, tentou abrir a porta, mas ainda estava trancada. Ela abriu o vidro, colocou a cabeça para fora e olhou para baixo.

Ela gritou.

O gancho estava enroscado na maçaneta, o sangue disputando espaço com a ferrugem.

PAULO G. MARINHO, engenheiro por formação, foi bancário por 18 anos. Em 2011, retomou a velha paixão pela literatura e tirou da gaveta escritos há muito esquecidos. Em 2013, publicou de forma independente seu primeiro livro: a distopia *A Ascensão do Princeps*. Em 2017, lançou seu primeiro trabalho de horror e suspense, *Hannah*, onde narra a história de amor entre um homem e um súcubo.

WOLF WARREN, nascido em 1991, é fundador e dono da página Filmes de Terror & Horror. Desde a criação do canal, em 2012, foi se tornando um grande influenciador digital no gênero do terror no Brasil. Hoje a página tem mais de 3 milhões de seguidores no Facebook. Também obteve sucesso com a criação do seu personagem de terror chamado Klinty, um palhaço macabro que serviu de inspiração para seus contos maquiavélicos. Wolf tem focado agora no Instagram e está iniciando sua carreira como streamer e investidor.

AS VISÕES DE KLINTY

Wolf Warren e Paulo G. Marinho

A busca pelo líder dos assassinos havia chegado ao fim. Fora difícil, mas eu conseguira localizálo. A vingança seria completada. Eu encontraria a minha paz. Poderia me juntar ao meu amor e à nossa pequena.

Se era assim, por que, então, eu estava tão angustiado? O que havia de errado comigo?

Em meio às dúvidas, sem aviso, as imagens daquele dia invadiram a minha cabeça. Pude ouvir mais uma vez o riso largado do bastardo que liderara: a crueldade imotivada, o desejo sem limites por violência. Eu sabia o que estava errado comigo. Eliminar os capangas havia sido fácil, já o líder... Meu corpo tremia só de pensar em revêlo, em enfrentar a bestafera. Um enjoo sobreveio forte e corri pro banheiro. Ajoelheime à frente do vaso sanitário e vomitei com vontade, sem deixar resquício de comida no estômago. Em um movimento lento, limpei a boca com as costas das mãos. Sentia-me fraco.

Levanteime com dificuldade, encostei na pia, abri a torneira e deixei correr a água. Debrucei sobre o jato e enchi a boca. Bochechei e cuspi, lavando o gosto nauseante de vômito. Bebi um pouco e fechei a torneira. O som da água foi substituído por uma gargalhada maníaca. Eu não precisava olhar pra trás pra saber quem era. Mas, mesmo assim, levantei o olhar até o espelho e pude vê-lo: o palhaço maldito, encostado na parede atrás de mim, com o machado inseparável ao lado.

— Você é um cuzão, mesmo — afirmou Klinty, voltando a gargalhar. — Tanto trabalho pra achar o filho da puta e vai amarelar justo agora? O massacre da sua família vai ficar por isso mesmo? — Fechei os olhos na esperança de que ele fosse embora e me deixasse em paz. Foi em vão. — Você está é com medo, se borrando todo. Confesse que é um covarde! Se fosse um homem de verdade, teria evitado o que fizeram com sua família! Mas não, ficou ali, assistindo a tudo sem reagir. Covarde!

Voltei a abrir os olhos, úmidos das lágrimas quentes, e gritei:

— Eles eram muitos, me dominaram e me amarraram. Eu não tinha o que fazer!

Klinty soltou mais uma gargalhada.

— Porra nenhuma! Você é um fraco! Tão fraco que eu tive que matar os capangas pra você.

— Mentira — respondi, baixinho. — Nós fizemos juntos.

O palhaço deu de ombros:

— Se você se sente melhor acreditando nisso...

— É verdade. — As palavras saíam misturadas à baba que escorria do canto da minha boca.

— Ok, Ok, não vamos discutir. O que interessa é que você achou o filho da puta que fodeu com a sua vida e o titio aqui vai lá matálo.

Não deixei transparecer, mas fiquei aliviado ao ouvilo tomar pra si a responsabilidade. Sim, eu estava me borrando de medo, mas não ousaria admitir que era um covarde perante Klinty. Precisava manter as aparências.

— Você quer mesmo fazer isso? Porque eu posso ir lá e matálo eu mesmo.

— Claro, claro que você pode. Mas, por favor, me dê o prazer — respondeu e fez uma reverência cômica que me lembrou de que ele era, afinal, um palhaço. Olhei firme pro espelho com quem eu

AS VISÕES DE KLINTY

conversara até aqui, concordei com um movimento de cabeça e me virei. A parede estava nua, ele se foi. Caminhei sem firmeza até o quarto e o encontrei vazio, uma fantasia sobre uma cadeira, o machado encostado ao lado.

— Mataram sua família.

Pra Klinty ter vida, ele precisava de mim. Pra que eu pudesse continuar vivendo, eu precisava dele.

Unimonos mais uma vez e aquilo me fortaleceu, me renovou as forças. Eu estava pronto. O assassino e estuprador morava em um pequeno sítio na borda da cidade. Era um ambiente rural, quieto e mal iluminado. Logo entendemos que a nossa chegada poderia destruir o fator surpresa. Por isso, agimos com cautela. Sempre caminhando na penumbra, fugindo da luminosidade da lua cheia, nos aproximamos e olhamos pela janela. O que vimos me fez balançar: o homem jantava com a esposa e dois filhos, crianças ainda.

Klinty sussurrou:

— Nada mais justo que você mate a dele.

— Eles não têm culpa nenhuma.

— Porra, não acredito que você vai amarelar de novo! Você é um cuzão mesmo!

— Não vou amarelar, nós vamos até o final com a vingança, não se preocupe. Mas vamos matar só ele e mais ninguém.

— Ok, seja feita a sua vontade então — concordou Klinty, contrariado.

Com passos macios, nos afastamos da casa e fomos pra um estábulo. De propósito, pra atiçar os cavalos, riscamos a parede de madeira com a ponta do machado afiado e nos posicionamos ao lado da entrada, na sombra. A armadilha estava armada. Era só esperar.

Os animais relincharam e, pouco depois, nosso alvo saiu da casa, arma na mão.

— Quem é? — ele gritou. — Estou armado! Se apresente!

Ficamos quietos, machado empunhado, a lâmina fria aguardando, ansiosa, pela carne macia.

O homem se aproximou, revólver em punho.

— Vamos lá, apareça!

Ele estancou à frente da porta do estábulo. Parecia tentar ouvir o que se passava ali dentro. Olhou pros lados e desviou a atenção do ponto escuro em que estávamos. Foi o suficiente. Deixamos o peso do machado agir e a mão armada foi cortada como manteiga.

WOLF WARREN E PAULO G. MARINHO

Por instinto, o homem levou a mão ao cotoco, de onde o sangue jorrava abundante. Em choque, ele finalmente nos viu na figura do palhaço imponente. A imagem era de Klinty, mas estávamos juntos ali. A expressão de arrogância que o filho da puta mantivera todo o tempo enquanto brutalizava minha família se fora. Ele se transformara em um pequeno animal, assustado, indefeso. Ele ameaçou correr de volta pra sua casa. Não podíamos permitir. Por isso, acertamos um golpe em suas costas, fincando a cunha em sua carne e fazendo-o tombar a alguns passos de nós.

Sem pressa, nos aproximamos e recuperamos o machado.

— Vamos terminar logo com isso — sugeriu Klinty. Antes que pudesse falar qualquer coisa, notei que havia uma criança do lado de fora da casa. Percebi que era uma menina segurando uma corda de pular. Por conta da fraca luz, demorei pra reconhecê-la. Era a minha filha, o meu tesouro. E ela sorria pra mim. — Vê? Você está fazendo a coisa certa. Está deixando a sua filha feliz.

Eu nada disse. Apenas olhei o homem aos nossos pés, rastejando em uma tentativa ridícula de fuga. Ele suplicava por sua vida, a mesma súplica que ele não atendera quando violentara e matara minha esposa.

Olhei mais uma vez pra minha filha e notei que ela se preparava pra pular a corda. Entendi, então, que ela queria brincar comigo. A cada golpe, ela daria um pulo. Ergui o machado e sorri. Ela sorriu de volta ao ver que eu entenderia.

— Posso fazer isso sozinho, meu amigo? — perguntei ao Klinty.

— Claro que pode. A festa é sua.

A festa era minha e de minha filha. A cada vez que a lâmina penetrava na carne do filho da puta, meu tesouro dava um pulo, divertindo-se com o jogo que criara.

Enquanto se formava aos meus pés uma massa disforme de carne e sangue, eu me sentia o pai mais feliz do mundo.

AS VISÕES DE KLINTY

ANGELO AREDE, ilustrador e músico, formou sua primeira banda em 93, Erosive Exhumation. Paralelamente entrou na Gangrena Gasosa em 94, saindo das duas em 96 para tocar baixo na banda Dorsal Atlântica até 97, onde gravou um disco na Inglaterra e excursionou em Portugal. Retornou para Gangrena Gasosa em 1998 produzindo uma turnê europeia, um EP, um álbum, co-produziu o DVD *Desagradável* levando o filme à TV, compôs a trilha do curta *Saci* (dirigido por Zé do Caixão) no longa *Fábulas Negras* e produziu, ilustrou e compôs boa parte do álbum *Gente Ruim Só Manda Lembrança Pra Quem Não Presta*. Também dublou e compôs a trilha da animação *A Última Loja de Discos* para o canal GShow e produziu e ilustrou a revista *Amputação*.

Lado Sombrio

Angelo Arede

Alguém lhe acordou
Mas não tinha ninguém
A voz falava pra alma
Lhe pedia calma
E dizia que falava do além

Fundar religião
Era sua missão
Recebia poder
Começou a atender
Parecia sempre ter a solução

A fama do seu bruxedo
Provocava medo
Pavor, calafrio
A voz na sua cabeça
Faz com que apareça
Seu lado sombrio

Emissário do mal
Servente do Cão
Sua conversa convencia
Que a seita levaria
Todo mundo que a seguia à salvação

Facada
Evisceração
O sangue jorrava
E ele não parava
Esquartejava e botava no fogão

A fama do seu bruxedo
Provocava medo
Pavor, calafrio
Dizia servir ao Capeta
Mas só queria carne
Pra fazer salgadinho

A voz na sua cabeça
Faz com que apareça
Seu lado sombrio
A voz na sua cabeça
Faz com que apareça
Seu lado sombrio

MELVIN MENOVIKS, pseudônimo literário de Gustavo Lopes Perosini, Melvin é o autor dos livros *O Chamado das Trevas* e *A Caixa de Natasha e Outras Histórias de Horror*. De modo independente, escreveu e dirigiu o curta-metragem de terror surrealista *Somnium*, gravado nas misteriosas ruas desertas de Tabapuã-SP, cidade em que nasceu. Além de buscar romper as sombrias fronteiras do desconhecido, nas horas vagas gerencia a página http://www.melvinmenoviks.blogspot.com.

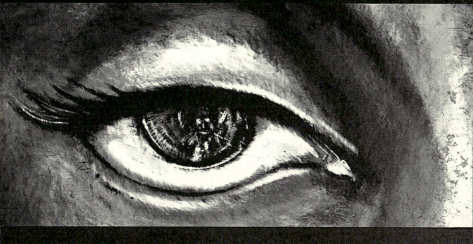

ALEXIA

Melvin Menoviks

"Oh, abismos da perversidade humana, oh, intriga infernal! Em que mente pôde surgir esse venenoso e diabólico pensamento, cuja ousadia supera as mais sofisticadas invenções da fantasia?" — Bruno Schulz, em O Sanatório Clepsidra.

Meu nome é Renan de Oliveira (sim, nada de anonimato ou pseudônimos aqui: usemos o nome de batismo; esconder os fatos já não me é uma opção — minha consciência, atormentada e massacrada, não permite mais subterfúgios, e nenhum lenitivo será capaz de abrandar a voracidade cruel dos vermes que corroem a minha alma). À dura verdade e aos nomes reais, pois: Renan de Oliveira da Cruz Soares, este é o meu nome completo. Conceição de Oliveira da Cruz Soares, o da minha mãe. Alexia — apenas isto: Alexia —, o gatilho para a minha completa danação.

Provenho de família simples e pequena (éramos minha mãe e eu, só nós dois desde o começo) e eu também costumava ser uma pessoa simples, no geral humilde e de pequena ambição. Tenho 27 anos, fui cristão e estudante de Letras. Hoje sou pouco mais do que um cadáver. Isso mesmo: um cadáver que vive e que sofre, mas, ainda assim, não mais do que um defunto.

Como disse, fui estudante de Letras, um dedicado aluno de pós-graduação em Literatura Brasileira. Conhecer e analisar os grandes poetas e artistas do vernáculo constituía o cerne da minha vida e a principal, senão única, atividade de meu real interesse. Bebidas, jogos eletrônicos, companhias femininas, distrações sociais e as demais frivolidades da vida dos meus colegas, nada disso era de meu agrado. Eu sempre mantive meu tempo preenchido o bastante estando sozinho com as belas ficções e poesias tecidas pelos mais finos intelectos da humanidade, além, é claro, de todo o material teórico sobre semântica, sintaxe, ortografia, filologia, semiótica, morfologia, etc. As pessoas me consideravam um nerd esquisitão, retraído e reservado, e de fato sou tudo isso. Gosto de escrever e sonhava em compor textos que fossem lidos pelas pessoas com respeito e reverência. Agora, porém, depois do terrível infortúnio a que insensatamente eu mesmo dei causa — agora, depois de eu ter erguido as paredes da câmera de torturas que tem a mim mesmo como único prisioneiro —, quando concluo minha primeira obra escrita (estas tristes memórias sujas de sangue e escuridão), rezo para que ninguém as leia. Pois advirto desde já: escrevo unicamente para tentar expiar meus pecados, e se você não deseja conhecer o maior desespero que pode se abater sobre um espírito humano, fique longe destas páginas imundas. Há apenas tristeza e sofrimento em cada corredor do labirinto pelo qual eu me arrasto.

Comecemos pelo princípio: minha vida, antes de Alexia, era pacata e previsível. De manhã eu acordava bem cedo para frequentar as aulas da pósgraduação; de tarde, depois de um almoço em companhia da minha mãe, ocasião em que eu a ouvia se lamuriar das artrites e dores nas costas, eu me retirava ao meu quarto para ler, estudar e preparar artigos acadêmicos; à noite eu dava aulas de Literatura para os alunos do segundo colegial de uma escola pública. Em casa de novo em torno da meianoite, encontrava minha mãe ainda acordada, me esperando, muitas vezes chorando baixinho consigo mesma (eu nunca soube o porquê dos choros, mas nem sempre há motivos nas lágrimas dos depressivos: boa parte da causa da depressão é justamente não saber por

que se é infeliz). Logo depois eu me deitava na cama e, do meu quarto, antes de dormir, ouvia os roncos dela sobrepujando os ruídos da tevê, a qual sempre permanecia ligada.

E nos dias seguintes era a mesma coisa, mas eu não me incomodava com a rotina. Eu amava muito a minha mãe, que isto fique bem claro desde já. Conviver com suas lamentações não era tão difícil quanto parece — o hábito torna tudo natural, de modo que, na época, eu sequer me dava conta do quanto de peso havia na atmosfera daquela casa em razão de seus choramingos maldisfarçados. Para mim, toda aquela pressão ocre era algo ordinário, fazia parte do oxigênio que eu respirava desde a infância. Eu gostava de como as coisas eram.

Foi uma aluna chamada Alexia quem violentamente me tirou dessa baça tranquilidade doméstica.

Conheci Alexia nas aulas de Literatura que eu ministrava na Escola Estadual Abílio de Queiroz. Ela era muito bela, com olhos azulíssimos e cabelo curto pintado de cores exóticas. Além da baixa estatura e da aparência demasiado juvenil, trazia no rosto lívido uma expressão impossível de ignorar que mesclava fragilidade sonhadora com uma impalpável ousadia vazia de significado, como a de alguém incapaz de compreender as causas e consequências do mundo dos fatos. Eu não a notara de pronto na sala de aula nem lhe dera mais atenção do que teria dado a qualquer outro aluno, é claro, mas a intensidade de seu olhar direcionado a mim durante as aulas foi me deixando primeiro desconfortável, depois verdadeiramente desconcertado à medida que os dias iam passando. O que queriam dizer aqueles olhos grandes, devoradores, obsessivos, mas também ingênuos e cheios de aberta fantasia? O que significava aquele interesse quase sobrenatural na minha figura insossa quando eu dissertava sobre assuntos tão entediantes para adolescentes quanto Trovadorismo, Humanismo e Luís Vaz de Camões? Eu decerto não era um professor assim tão cativante, fato comprovado pela minha perceptível falta de experiência, pela minha voz fraca, meus modos acanhados e, sobretudo, pela grande abstenção dos alunos em minhas aulas. O que havia ali, então, naquele magnetismo enigmático em rosto de boneca intocada?

A expressão era tão contraditória que inquietava o coração, fazendo-o arder: a pele era de porcelana, parecia imaculada como a de uma santa, e a boca e o nariz pequenos davam a ideia de uma menininha franzina que precisa ser protegida a todo custo, mas alguma coisa intangível por trás dos olhos ambíguos indicava que algo estava errado.

Existia nela algo de audaz atrevimento que eu simplesmente não saberia nomear, por mais que tentasse...

Por que uma adolescente de 16 anos cercada de marmanjões com os hormônios à flor da pele se sentiria atraída por mim, um professor magrelo de literatura e 11 anos mais velho do que ela, eu não saberia dizer, mas o fato é que, todas as noites após as aulas, Alexia se aproximava de mim e direcionavame investidas que, tanto quanto posso julgar, eram dignas de uma verdadeira profissional nos assuntos do amor.

Será que nessa época ela já sabia que meus lábios nunca haviam tocado os de uma mulher? Será que meus gaguejos desajustados e visíveis tremores pelo corpo denunciavam que eu nunca havia me deitado com o sexo oposto? Meu sangue se esquentava nas veias e subia para o rosto, corandoo ao ponto de um pimentão.

Seja como for, o fato é que, não sei por quais sutis meios de sedução, Alexia entrou na minha vida como um súcubo entra nos sonhos doces, transformandoos em pesadelos molhados.

Mas que fique registrado que eu relutei! Em sã consciência, eu nunca teria sequer olhado para uma garota que mal saíra da puberdade. Ocorre que as armadilhas de Alexia eram tão sorrateiras, suas artimanhas eram tão bem executadas que... Bem, que fique claro que eu estava fora de mim! Eu era um bêbado me revirando em um deserto escuro coberto de névoas alucinógenas, e flores fluorescentes inebriavam meus sentidos com aromas pecaminosos.

Mas quão fácil eu caí em tentação! Quão fácil eu me deixei levar! Ao fim de uma semana, Alexia já me introduzia, com insuspeita experiência e desnorteante habilidade, nos abrasantes mistérios da carne.

É de conhecimento geral que os melhores perfumes vêm nos menores frascos, mas eu não sabia que também nos menores frascos podem vir os piores venenos.

Naqueles dias eu estava embriagado pelo estranho mundo novo que Alexia me apresentava. Todas as noites depois das aulas eu era engolido por um universo que me era de todo desconhecido: um universo noturno lisérgico submerso na claridade espectral do luar, um universo animalesco de ausência de consciência e limites, um universo brumoso de deslumbrantes descobertas sensoriais e terríficas experiências narcóticas.

Quando eu retornava à minha casa, minha mãe sempre estava me esperando, só que agora não antes de dormir, mas logo depois de

ALEXIA

acordar. E, indignada, ela me alertava sobre os perigos da minha falta de escrúpulos.

— Pare de se envolver com essa menina! Ela é uma vadia! Uma puta! Você não percebe?

A suja obscenidade no linguajar vindo de alguém que até então eu só associava a aconchego materno chegava a me enojar. Repugnado, tinha ânsias de dar fortes tapas no rosto da minha genitora para que ela nunca tornasse a proferir tais palavras. E, acima de tudo, para que me deixasse em paz com a minha felicidade!

— Essa prostitutazinha está arruinando meu filho! Essa vaca no cio está te deixando fora de si! Você não percebe o que está acontecendo com você? Ela está te destruindo! Te destruindo! Nem na faculdade mais você está indo!

Meu sangue fervilhava, mas eu não dizia nada. Havia, é certo, muita culpa dentro de mim, mas as palavras vulgares que saíam da boca da minha mãe, em vez de trazer discernimento para a minha cabeça, apenas confundiam ainda mais minhas emoções, alimentando somente o ódio.

A pressão em meu peito aumentava mais e mais ao longo do dia, esquentando-me a ponto de explodir, e o alívio só vinha com o escurecer, depois das aulas, quando eu me encontrava com Alexia para me libertar de todas as repressões diurnas em meio ao lençol da noite, sendo devorado por sua ávida boca de veludo. Havia algo de sobrenatural, de psicotrópico, em nossa devassidão, e ouso dizer que ela levava nossos corpos e mentes a fazer coisas que eu nem sabia serem possíveis, coisas que eu não saberia descrever nem se tentasse e que enrubesço só de pensar.

Mas o ápice do prazer, ao menos para Alexia, não chegava com as nossas relações impudicas. A peçonha que percorria aquele sangue era de outra espécie. Alexia tinha hábitos incomuns e excentricamente sádicos. Será difícil entender o que quero explicar, mas digamos, por amor à sinceridade, que, enquanto as demais adolescentes brincavam de verdade ou desafio, Alexia jogava roleta-russa psicológica.

Alexia, em certas ocasiões, parecia possuída por um espírito que não podia ser humano. Seus olhos voltavam-se para dentro de si mesmos, para pensamentos que eram só dela, e ganhavam uma profundidade infinita, como os de uma fanática servindo a um terrível mestre de poder absoluto. Então vinha o paradoxo: com as maneiras de uma menininha indo brincar com a boneca favorita, ela praticava algum

MELVIN MENOVIKS

ato aleatório de engenhosa maldade: cortava o rabo de um gato só para descobrir depois se isso lhe afetaria os movimentos, enfiava agulhas em camundongos para ver quantas perfurações eles aguentavam antes de morrer, dava biscoitinhos envenenados para gatos recémnascidos, furava os olhos de cachorrinhos de rua para, nos dias seguintes, conferir se eles ainda conseguiam sobreviver...

Eu não me sentia bem quando presenciava essas ações. Meu estômago se revirava e minha cabeça doía, mas eu não conseguia fazer nada para impedi-la: a felicidade dela era tão grande, tão autêntica, que me deixava desarmado. Quem seria capaz de tirar o doce de uma criança?

Houve uma noite em que ela cortou a orelha de um coelhinho branco com uma tesoura, até hoje não sei por qual motivo... Em outra noite, maravilhou-se assistindo a um cachorro atropelado, mas ainda vivo, que ficou com uma ferragem fincada de fora a fora no canto da barriga... Observando cuidadosamente o sofrimento do animal, ela permanecia com a boca semiaberta e os olhos imóveis, olhos vazios no fundo dos quais brilhava algo que eu só posso chamar de um fogo frio (pois algo com certeza queimava dentro dela, mas queimava com a frieza essencial do gelo em contato com a pele). Era uma satisfação perversa, uma maldade angelical, as feições quase que de um mártir. Parecia que ela não estava ali para valer, em matéria e espírito; era como se a verdadeira Alexia estivesse fora do corpo, gozando uma felicidade demoníaca enquanto sua existência física, inerte e indiferente à dor do espetáculo monstruoso que se desenrolava à sua frente, experimentasse uma combustão glacial. Para os olhos de Alexia, ver aquele cachorro atravessado pela barra de ferro, choramingando e com sangue escorrendo aos borbotões, era uma espécie de prazer impessoal, algum tipo de serena contemplação estética. Era uma legítima experiência espiritual, uma genuína devoção religiosa. Algo parecido ao que experimentam os grandes músicos ao ouvir uma bela sinfonia, ou um pintor sensível em frente a um Michelangelo.

Depois dessa assustadora demonstração de deslumbramento diante da sangrenta crueldade mortífera, ela se excitava a ponto de erguer a saia e se masturbar com avidez, sem pudores, no meio da rua (rua deserta, sim, mas ainda assim pública). E sua excitação era real, indissimulada: toda ela ficava molhada como poucas vezes ficava quando estava apenas fazendo sexo comigo. Sua luxúria, nesses momentos, ultrapassava a de qualquer ninfomaníaca no ápice de um incontido

 ALEXIA

ardor da carne. Quando terminava, no entanto, ela era toda ternura e aconchego, abraçando-me como uma criancinha inocente abraçaria seus ursinhos de pelúcia. E eu me aninhava docemente nessa meiguice sem fim.

Certa vez, na maciez de seu quarto, enquanto contemplávamos, pela janela, o céu estrelado, deixei escapar minhas aflições a respeito da minha mãe:

— Aquela maldita... Ela não quer que nos vejamos mais. Ela nos odeia. Ontem ela disse que iria me denunciar à polícia se eu continuasse me relacionando com você. Disse que você é menor de idade e que eu poderia ir preso, mas que faria isso "pelo meu bem"...

"Pelo meu bem"! Onde já se viu?

Alexia não dizia nada, apenas olhava, com tolerante paixão, para meu rosto contorcido pelo desprezo.

— Velha estúpida... Só sabe reclamar e reclamar e reclamar e reclamar. Só sabe atrapalhar a minha vida. Tem vezes que eu quero que ela morra logo de um jeito bem horrível.

Naquele momento, a face de Alexia se iluminou de uma forma que eu não saberia explicar. Ela pôs a mão pequena sobre meu peito e tentou me tranquilizar. Minutos mais tarde, dormíamos banhados pelo brilho das estrelas.

Algumas semanas depois, no aniversário de seis meses de nosso namoro, época de grande empolgação e animada ansiedade, estranhei a ausência de Alexia na sala de aula quando entrei para lecionar. Preocupado, dei uma aula sem graça e liberei a turma mais cedo, pois não conseguia me concentrar na matéria a ser ensinada. Eu só conseguia olhar para a cadeira vazia onde deveria estar minha jovem e secreta amada.

Às 23h eu já estava entrando em casa, onde estranhamente as luzes já estavam apagadas. Quando abri a porta dos fundos e acendi a luz, ouvi:

— SURPRESA!

Era Alexia, dando saltinhos de alegria, agitando as mãos fechadas na altura dos seios, incontida de felicidade, exultante, correndo para pular em meu colo, enlaçar as pernas ao meu redor, me beijar e me abraçar com força. Mas eu não pude retribuir os beijos e abraços, pois minha atenção estava toda voltada para um comprido caixote de madeira que se encontrava sobre a mesa.

— O que é aquilo? — perguntei.

— Seu presente! — respondeu ela. — Abra! É seu presente de namoro!

Receoso, aproximeime do caixote, o qual tinha quase o mesmo comprimento da mesa. Puxei a tampa e, de imediato, todo meu sangue ficou fino e frio e quis fugir do corpo. Trêmulo e sem forças, a visão turva pela perturbação violenta dos sentidos, a pele arrepiada sobre os nervos descontrolados, chacoalhei o corpo da minha mãe, que jazia inerte dentro do caixote, em desesperada tentativa de acordála.

Gritei e berrei e chorei e solucei, mas Conceição de Oliveira Cruz Soares, aquela que me pôs no mundo e que costumava me chamar de "meu anjo" e me dar beijos de boa-noite e fazer minha comida e lavar minha roupa, minha mãe e minha amiga, não acordava de jeito nenhum. Tentei perguntar para Alexia se aquilo era algum tipo de brincadeira, mas minhas palavras não faziam sentido: eu só cuspia sons embaralhados em meio a lágrimas copiosas. No fundo, eu sabia que aquilo era para valer.

— O que foi, meu querido, você não gostou da surpresa? — ela perguntou com sincera delicadeza, sem ironia.

— O quê... o que v-você fez?! — Foi tudo o que consegui balbuciar.

— Não era isso o que você queria? Se livrar da sua mãe pra que pudéssemos ficar juntos? Agora o mundo nos pertence! Agora somos só eu e você, meu querido! Não é maravilhoso? Venha, precisamos nos livrar do corpo. Se os policiais encontrarem o corpo, vão fazer perícia e descobrir o veneno, e aí estaremos ferrados.

Aturdido, tentei argumentar, mas sombras espessas giravam ao meu redor e demônios sem rosto perfuravam o meu cérebro com lanças infernais.

Sangue latejava em meu crânio, quase borbulhando para fora dos olhos.

O período que se seguiu a isso foi confuso. Não consigo me recordar de quase nada. Sei que brigamos. Lembrome vividamente de um arranhão que levei na bochecha em meio aos desentendimentos com Alexia, mas todo o resto simplesmente se apagou da minha memória. A única recordação que tenho é de nós dois, de madrugada, arrastando um pesado caixote de madeira em meio a árvores e cipós e lama e chuva. Muitos ruídos e tudo escuro e frio.

Lembro-me mais do frio que as gotas de chuva deixavam na minha pele do que de como ou com que ferramentas abrimos uma cova funda naquele solo molhado. Creio que Alexia já havia preparado tudo, inclusive escolhido o lugar e comprado a pá, mas isso não importa agora.

O que importa é que, horas mais tarde, já perto do amanhecer, depois do enterro improvisado, voltávamos de carro para casa, Alexia dirigindo e eu, em meio a desmaios e perdas de consciência, no banco do passageiro, escutando o barulho esparso, mas pesado, dos pingos da chuva. A única memória que tenho de meus pensamentos nesse período foi de observar que eu nem me lembrava de ter ido de carro até aquele lugar (quem havia dirigido? Onde estávamos? Onde, afinal, havíamos enterrado o corpo da minha mãe?).

Enfim chegamos em casa, cansados e sujos de terra. Eu, com uma bigorna dentro da cabeça e serpentes deslizando ao redor dos músculos e nervos, não tinha mais forças nem para chorar. Tudo era escuro e confuso demais.

Dormi até a noite seguinte. Acordei, já sob os vapores do crepúsculo, com Alexia passando um pano úmido na minha testa e me entregando uma bandeja com torradas e suco de laranja.

— Meu dorminhoco finalmente acordou!

Tentei me levantar, mas eu estava fraco e caí de volta no sofá.

Alexia se aconchegou ao meu lado, me deu comida e me encheu de carinhos.

— Você não gostou do presente? — perguntou ela. — Era o que você queria, não era?

— Era — respondi, ríspido.

— Você lembra o que você havia pedido, não lembra?

— Sim.

— E o que foi?

— Que eu queria que minha mãe morresse.

— Não foi apenas isso.

— Como assim?

— Não foram essas as suas palavras.

— Foram sim. Eu disse: "tem vezes que eu quero que ela morra logo". Eu me lembro bem de ter dito isso.

— Mas não foi só isso o que você falou...

— Não estou te entendendo.

— Você disse "tem vezes que eu quero que ela morra logo... de um jeito bem horrível".

Ergui meu corpo em um movimento brusco.

— O que você quer dizer com isso?

— Ora, meu fofinho, envenenamento não é uma forma tão horrível assim de se morrer... — Eu não consegui encontrar palavras para expressar meu desentendimento, mas ela deve ter percebido a dúvida no meu rosto, pois logo explicou: — Ela não estava morta quando a enterramos, seu tontinho! Eu só havia dado um sonífero pra ela, e não um veneno!

E então, inflada de felicidade, ela me abraçou tão forte que até hoje eu posso sentir seus braços ao redor de mim.

SORAYA ABUCHAIM, apaixonada por livros, começou a escrever contos de forma despretensiosa em seu blog Meu Meio Devaneio e, de uma ideia simples, surgiu seu primeiro suspense, *Até eu te possuir*. Também é autora de *A Vila dos Pecados* e *Ferrão do Escorpião*, além de diversos contos publicados na Amazon. Entre as antologias da qual participou, destaca-se *Antologia Dark*, publicada pela DarkSide Books, em homenagem a seu mestre, Stephen King.

MALIGNA

Soraya Abuchaim

"Eu achei que conhecesse meninas más, mas você é a pior de todas." — William March, Menina Má.

Adélia estava na cozinha em mais uma tarde entediante de calor intenso no interior de Minas Gerais, onde residia com o marido e sua filha Laura, de oito anos. Era uma vida pacata; a cidade, apesar de afastada, tinha um ritmo próprio, todos se conheciam e se protegiam, e, a despeito de um ou outro crime de menor importância ocorrido ao longo dos anos, era basicamente um bom lugar para se viver.

Os aromas de ervas e alimentos invadiam a casa, e Adélia, em seu avental xadrez, cantarolava uma velha canção de Roberto Carlos enquanto mexia o guisado no fogo.

Laura estava quieta, a voz desafinada da mãe ganhava espaço na casa.

A matriarca suspirou, satisfeita. Era a típica cena familiar: ela fazendo a janta, a filha brincando no quarto calmamente. Permitiu-se um largo sorriso de satisfação em meio à melodia.

Segundos depois do pensamento pacífico, uma série de sons estrondosos, que pareciam coisas sendo arremessadas e caindo em baques surdos, assustaram Adélia, que deu um gritinho e, secando a mão no avental, correu em direção à origem do barulho. Para seu completo pavor, vinha do quarto de Laura.

Adélia se aproximou, com medo do que encontraria atrás da porta de madeira fechada. Levou as mãos à maçaneta e notou que estava trancada. Laura nunca trancava a porta, era uma regra da casa.

Irritada por perceber que a filha deveria estar aprontando alguma coisa, ela gritou, colérica:

— Laura! Abra essa porta AGORA!

Embora achasse que a filha estava apenas sendo travessa, um arrepio percorreu sua espinha de cima a baixo, deixando-a sobressaltada com o frio que tomou seu corpo e o pensamento incômodo no fundo do cérebro que sussurrava *Tem algo errado aqui*.

Adélia continuava ouvindo sons estranhos. Embora os objetos tivessem parado de cair, ela começara a escutar um rosnado, que começava lento, quase como um grunhido, e transformava-se em urro. Seu corpo todo tremia, as mãos sacudiam-se tanto que escorregavam na maçaneta travada, a qual ela tentava girar inútil e freneticamente. Ela temia por si, mas, mais do que isso, como qualquer mãe que custou anos para engravidar e protege a filha a todo custo, temia por Laura.

O tempo ao seu redor pareceu parar, e tudo o que ouvia tornou-se surreal em sua mente. Uma mosca zumbia tão perto de seu ouvido que parecia um animal gigante. Seus olhos foram cobertos por nuvens espessas enquanto decidia como entrar ali. Suava por todos os poros, o rosto ficando úmido com a mistura de suor, lágrimas e catarro. Forçou a porta com os ombros, tomando um grande impulso, mas só o que conseguiu foi uma dor lancinante no local e uma fraqueza momentânea que irradiou pelo braço.

Adélia não desistiria. Pensou em chamar algum vizinho, mas algo lhe dizia que era assunto particular. Sábia decisão.

Deu alguns passos para trás e correu com ainda mais ímpeto que da primeira vez, arremessando o ombro não contundido contra

MALIGNA

a porta. Adélia fechou os olhos quando se aproximou, antevendo a dor que a tomaria, mas quando se lançou contra a porta não sentiu impacto algum. Corria em certa velocidade e, quando percebeu, estava caída no chão: a porta se abrira sozinha.

Adélia abriu os olhos e o choque do que avistou a paralisou. Laura estava presa ao teto, de alguma forma bizarra e inexplicável. Suas mãos pequenas estavam transformadas em garras que arranhavam a pintura em um som excruciante. O pijama rasgado deixava entrever arranhões que dilaceravam a pele branca e de onde escorriam filetes de sangue que aspergiam diretamente na cama desarrumada. Os olhos estavam inteiros negros como um buraco escuro, os dentes pontiagudos e de onde podia-se ver uma leve fumaça esverdeada saindo, e que emanava pelo ambiente um cheiro fétido de podridão.

Laura se contorcia como se tentasse se livrar de garras imaginárias que a prendiam ao teto. Urrava um som inumano, sacudindo ferozmente a cabeça, cujos cabelos emaranhados embolavam no suor que escorria e pingava.

Adélia estava apavorada. Recuou até a parede, balbuciando todo tipo de oração para afastar aquilo que atacava sua preciosa filha, que ela mal reconhecia naquele estado.

Laura a encarou e rosnou. A matriarca fechou os olhos e só conseguiu pensar *É meu fim*.

Subitamente, uma espécie de vendaval ganhou o pequeno quarto, os objetos giraram ao redor de Laura, que grunhia ainda mais alto. Quando o vento ali dentro ganhou uma velocidade inimaginável, a despeito da janela fechada, e o barulho tornou-se insuportável, Adélia fechou os olhos outra vez, apertando-os e rezando uma ave-maria atrás da outra, intercaladas com pai-nossos.

Ela apertou as mãos com a mesma força do pensamento, e foi então que tudo cessou. Quando abriu os olhos, Laura estava deitada em sua cama e, apesar de alguns arranhões, parecia que nada saíra do lugar. Ela abraçou a filha com muita força, deitando-se a seu lado.

Primeiro Ato

O corpo de Mateus foi retirado da água sob consternação e choros incontidos. Quem o achou foi uma das crianças do parque, naquele dia quente sob um sol escaldante. Era um dia perfeito para piquenique, havia muitas famílias pelo local, mas nenhuma delas olhava com tanta constância para os próprios filhos. Um descuido, uma brincadeira inocente, e Mateus afogou-se sem alarde. O cabelo liso encobrindo o rosto arroxeado, os lábios quase negros, mãos flácidas e barriga inchada a ponto de quase explodir. Uma cena chocante.

Laura caminhou até a mãe e abraçou suas pernas, incapaz de derramar uma lágrima. Enquanto os pais de Mateus gritavam e choravam — a mãe histérica a ponto de desmaiar —, Laura disse:

— Vamos embora, mamãe. Estou com sono.

Adélia espantou-se ao ver a filha falando naquela frieza, mas o que crianças entendiam de tragédia, afinal? Ela tinha apenas oito anos, e a mente sempre trata de nos livrar das coisas ruins através de fugas psicológicas, como o sono.

Não achou de todo ruim ter que voltar para casa e fugir daquela desdita; ao ver a mãe do pequeno Mateus se desfazendo em dor, agradeceu mentalmente por não ter sido a sua pequena.

A cidade falaria daquilo por dias a fio, uma criança inocente cuja vida fora ceifada tão tragicamente. Pobrezinho.

Adélia ficou preocupada com Laura nos dias subsequentes. Temia que o choque do ocorrido a fizesse mudar de comportamento, mas ela parecia a mesma de sempre, embora mais calada, e desconversava quando tocavam no assunto.

— Ela está bloqueando o trauma — dizia Adélia ao marido, na sala, depois da menina já ter ido dormir. — Natural, não é?

Ele limitava-se a grunhir, entretido com o jogo de futebol de qualquer time de segunda divisão. Aumentou o volume da televisão.

Adélia estava incomodada, era um aperto no peito, uma sensação de desolamento cada vez que Laura estava perto. Não sabia explicar. Achou melhor guardar para si. Mas jamais esqueceu a cena de Laura pendurada no teto como se estivesse... possuída.

Afastou o pensamento, mas seus pelos continuaram eriçados.

Segundo Ato

— Laura, venha aqui — Adélia chamava a filha, que estava atrasada. — Venha, a dona Leonor te aguarda. Esqueceu que é dia da sua reposição de matemática?

A mãe, atarantada como qualquer genitora parece sempre estar quando se trata de cuidar da prole e de outras milhares de tarefas, tirava uma panela do fogão. O dia estava tão quente que só podia significar chuva vindoura, e Adélia, egoísta, preferia que a filha ficasse presa na casa da velha professora do que em sua própria casa, onde ela não

conseguia sequer terminar um bordado. Laura era sua vida, mas tão apegada à mãe que Adélia sentia vontade de sumir de quando em vez.

O reforço de matemática era sua salvação uma vez por semana. Laura, mesmo com oito anos apenas, não conseguia assimilar os números. A professora da escola chamara Adélia e, sem um pingo de tato, ameaçou zerar a nota de Laura se ela não procurasse se esforçar.

— Entenda, senhora Adélia — e a palavra "senhora" saiu com tom pejorativo —, não é que Laura não saiba os números. Ela faz de propósito para parecer desinteressada.

Sem querer contrariar a professora — ainda se respeitava esse tipo de profissional naquela cidade interiorana —, Adélia foi para casa cabisbaixa, mas na certeza de que a filha só precisava de um empurrão.

— Onde já se viu, julgar uma menininha de apenas oito anos? Como se a Laurinha fosse capaz de manipular alguém.

O marido grunhiu em resposta, gritando "gol" em seguida.

E agora, lá estava Adélia, unindo o útil ao agradável naquela tarde abafada.

Laura veio com seu caderno na mão e o olhar perdido. Às vezes, a menina ficava ausente, pelo menos no pensamento. Esses momentos de ausência tornavam-se cada vez mais comuns. Adélia achava que era coisa da sua cabeça. *Deixa pra lá.*

Deixou Laura na casa de dona Leonor e foi cuidar de seus afazeres, aliviada.

A chuva não tardou a despencar e, quando chegou a hora de buscar Laura, Adélia demorou para conseguir sair com a velha camionete da casa. Tentou ligar para dona Leonor para avisar que se atrasaria, mas ninguém atendeu. *Devem estar estudando,* pensou. Era bom, já que lhe pagava uma boa soma pelo serviço.

Uma hora e meia depois do combinado, a camionete vermelha de tinta descascada, grande demais para a franzina Adélia, estacionou no meio-fio em frente à casa da velha professora. Laura estava na varanda, sentada em um banquinho de madeira e desenhando em seu caderno.

— Filha, cadê a dona Leonor? — Adélia indagou. A menina deu de ombros e apontou para a porta entreaberta.

Quando entrou no sobrado cheirando a mofo e coisa velha, Adélia deu um grito. Dona Leonor, a professora decrépita, jazia ao pé da escada, o crânio rachado e sangue semicoagulado manchando o tapete felpudo.

Ela sacudiu Laura, que também entrara na casa.

SORAYA ABUCHAIM

— O que aconteceu? Laura, o que você fez?

Foi a primeira vez que a mãe se dirigiu à filha naqueles termos, culpando-a de alguma tragédia. Não fora apenas a morte de Mateus que deixara a menina estranha. Teve o gato da vizinha que desapareceu e foi encontrado destroçado no lixo da sua casa. O filho do Paulão, o açougueiro, quebrou o pé quando brincava com Laura, e nenhum dos dois soube explicar como um tijolo despencou de cima da laje do quintal. Adélia encontrara, na sua área de serviço, uma caixa com baratas de tamanhos diversos. E havia o comportamento cada vez mais introvertido e o olhar... maligno que ela percebia na filha, quando a íris ficava tão negra que era possível perder-se naquele olhar.

Laura lhe dirigiu um olhar tão claro e terno em meio às moscas que já rodeavam o cadáver avantajado da professora que Adélia recriminou-se. A menina respondeu:

— Mamãe, quando cheguei, a professora estava assim. Não sei o que aconteceu, mas estava lá fora te esperando. Não estudamos hoje. Veja, olha que lindo eu fiz pra você.

Adélia se emocionou e viu que, em seu caderno, Laura tinha desenhado dois bonecos palito, representando as duas, um enorme coração envolvendo-as. Do lado de fora do coração, nuvens e pingos de chuva. Enterneceu-se.

Como não queria, de forma alguma, ser ligada à morte da velha, Adélia saiu de fininho, voltando para casa com uma Laura sorridente e tranquila.

Terceiro Ato

Adélia tinha ido à vendinha comprar leite para fazer um manjar. Voltava para casa pensativa, após uma discussão de proporções absurdas com o marido, que a tinha insultado como nunca. Ela chorara, ele berrara, ameaçara bater-lhe e pegara o braço com tanta força que deixou marcas profundas na pele branca da esposa. A briga começara por causa da história da velha professora morta. O esposo não concordava com a conivência de Adélia com Laura. A garota era má, segundo o pai.

Claro que a menina ouvira tudo — a casa era pequena, até os vizinhos mais distantes poderiam ter escutado os impropérios —, mas Laura não se abalara. Apenas ficara parada na porta do quarto enquanto o pai sacudia a mãe freneticamente.

Andando rápido para fugir da garoa que começara, mas sem vontade de enfrentar a cara zangada do marido, ela se perguntava por que ele tinha que ser tão imbecil.

Abriu a porta da casa e suspirou, soltando o ar devagar, fazendo uma oração mental para que ele não a amolasse mais.

A televisão podia ser ouvida da sala em um canal que passava um desenho conhecido de Adélia, que ela nem precisava ver para reconhecer: Pica-Pau. Sentiu-se saudosista.

Afora o som do desenho animado, tudo estava calado. Laura devia estar em seu quarto, taciturna e calada, como nos últimos dias.

Adélia caminhou até a sala e espiou, apenas a cabeça visível pela porta. O marido estava na poltrona com sua barriga proeminente aparecendo sob a camiseta regata apertada; dormia. Ao lado, sentada no sofá com pernas de índio, estava Laura, absorta em uma perseguição do Zé Jacaré ao Pica-Pau.

A menina não a olhou. Quando Adélia se aproximou, notou que o marido, que geralmente roncava como um trator, estava silencioso. Silencioso demais. Sentiu o estômago revirar e um medo tomar conta de si. Caminhou pela sala, Laura ainda focada na televisão, e colocou a mão esquerda de leve no peito do marido. Nenhum movimento. Encostou a mão em suas narinas; dali não saía ar.

Ela teve um choque; a cabeça do marido tombou molemente, encostando a testa na poltrona. Adélia deu um gritinho e Laura a encarou.

— Papai está dormindo, mamãe.

Lágrimas tomaram conta do rosto da matriarca, que não pôde deixar de notar que Laura estava sentada em cima de um travesseiro de pena.

O corpo foi velado e enterrado no dia seguinte, Adélia não guardando luto por muito tempo; Laura não parecendo sentir a mínima falta do pai, apática como sempre.

Ato Final

Adélia e Laura se ajustaram à vida sem marido e pai. A mãe começou a costurar para sustentar a casa, embora tenha recebido um considerável dinheiro do seguro de vida coletivo da empresa em que o esposo trabalhava.

Naquele final de semana elas receberam a visita de um primo que havia muito Laura não via, João Guilherme, apenas um ano mais novo que a menina. Adélia pensou que seria uma boa ideia ter outra criança em casa por uns dias para animar a filha, já que ela parecia não se dar com ninguém da vizinhança.

Adélia não poderia estar mais enganada. Enquanto ouvia os suaves barulhos de brincadeiras no quarto da filha e fazia um lanche para os dois comerem, seus olhos encheram-se de lágrimas, e ela deixou extravasar o que guardara durante tanto tempo dentro do peito. As mortes, a perda do marido, a apatia da filha... tudo degringolou depois do episódio da possessão, que ela guardara em uma gaveta do cérebro raramente aberta. Será que, de alguma forma, aquele evento desencadeara os acontecimentos funestos? Ela não acreditava, preferia achar que era coincidência; afinal, sempre aprendera que casos de possessão demoníaca transformavam as pessoas atingidas em verdadeiros monstros. E a filha não apresentava comportamento agressivo; pelo contrário, estava quase sem vida. Chocou-se com o pensamento. Amava demais a filha para acreditar que algo ruim estivesse com ela, e tinha medo do que o futuro reservaria às duas. Chorou convulsivamente; o lado difícil de ser mãe era ter uma parte de si vivendo de forma independente, como se fosse o mesmo coração em outro corpo. Era amor que machucava, doía.

Estava desfazendo-se em lágrimas quando ouviu um grito e um barulho de coisa pesada batendo no chão. Ela secou as lágrimas e colocou-se em alerta, o coração aos pulos. O barulho veio do quarto da filha, e em sua tela mental ela se lembrou da cena satânica que vira meses atrás. *Oh, não! De novo não!*

Em seguida ao barulho, gemidos e urros puderam ser escutados, mas não vinham da garganta de sua filha. Adélia largou a colher e correu em direção ao quarto, as mãos suadas sendo secas na calça jeans.

Quando abriu a porta, não pôde acreditar no que via: a filha estava desfigurada, sufocando o primo, que debatia-se e gritava sob seu domínio, batendo os pés no chão duro. Os olhos dela eram malignos: estavam arregalados e as escleras, negras. Seus dentes estavam amarelados e pontiagudos, e ela urrava como um animal, as mãos com garras apertando a garganta cada vez mais. Era uma reprise do dia fatídico.

Adélia sufocou um grito, chamando pela filha, mas Laura não estava lá, aquela não era sua menina. Precisava fazer alguma coisa; se Laura matasse seu sobrinho, como explicaria para a irmã uma tragédia desse porte?

Correu e tentou tirar Laura do pescoço de João Guilherme, mas ela estava forte como uma rocha. O menino parara de gritar, lágrimas corriam pelos olhos esbugalhados e uma respiração fraca era ouvida. Adélia tinha que tomar uma decisão.

 MALIGNA

Sua filha precisava ser liberta daquele mal, e ela tinha que livrar o sobrinho de suas garras.

Correu para a cozinha e pegou uma enorme faca de cortar carne, voando para o quarto de volta. Ela sequer parou à porta, não pestanejou por um segundo, apenas jogou-se sobre os corpos engalfinhados e começou a desferir golpes às cegas, gritando e sentindo sangue espirrar eu seu rosto e cabelo, lavando de rubro o chão do quarto.

Só parou de golpear quando o corpo já estava havia muito sem vida.

Adélia e Laura enterraram o corpo do primo no quintal da casa, em uma vala que cavaram com ajuda da pá do pai falecido. Cobriram a terra com mudas de flores: seria um adubo perfeito. Adélia já tomara a decisão de sumirem no mundo com as economias da morte bem-vinda do marido. Quem sabe poderiam morar em Cuba? Recomeçar a vida?

Enquanto olhavam a cova rasa coberta de mudinhas que logo se transformariam em um jardim, Adélia sorriu satisfeita e abraçou a filha, que não correspondeu. Não importava. Ela amava Laura, e a defenderia de qualquer coisa. Era sua menina, a filha que tanto desejara.

— Eu te amo, minha menina. Acima do bem e do mal.

Entraram na casa. Partiriam naquela noite, debaixo da garoa que começava a molhar o novo jardim.

FLÁVIO KARRAS, autor das obras *Indigesto – Contos Gástricos, Parasita de Almas* (finalista do Prêmio Aberst 2019 na categoria Melhor Romance de Horror), além de diversos contos em ebook na Amazon. Participou de inúmeras antologias, como por exemplo, *Tratado Oculto do Horror* (Ed. Andross), *8 Faces da Diversidade, Psicopatas* (Ed. Illuminare), *Vampiro* (Ed. Empíreo), *O Mundo Fantástico de R. F. Lucchetti* (Ed. Coerência), *Presentes Perigosos* (Ed. Constelação) e *Mulheres vs Monstros.*

CHUTA QUE É MACUMBA!

Flávio Karras

A cabeça esmigalhou-se aos seus pés. Álvaro gingou o pé de cabra nas mãos e, com mais um golpe, quebrou o corpo ao meio. O manto azulado caiu de um lado e a saia branca do outro. Bilhetinhos com orações viraram confetes no ar. Desligou o celular no exato momento que a onda gélida percorreu seu braço esquerdo; *coração vagabundo*, sussurrou, conferindo a gravação.

Com o dinheiro do seguro-desemprego e do FGTS, Álvaro alugou um espaço que já fora uma videolocadora e açougue. Abrir uma igreja, ou melhor, "local de graças", como preferia dizer, era sua nova empreitada. Nunca foi religioso, muito menos acreditava em algo além da vida; sua existência era material, e apenas se estivesse na companhia de uma bela mulher, cerveja e churrasco, encontraria o seu paraíso.

Iluminação, cadeiras de plástico, caixas de som e um palco improvisado. Entre artigos comprados e alugados, o ambiente estava montado. O anúncio em neon era um tanto chamativo, mas necessário.

— Quem não aparece desaparece, caramba — apresentou ao sócio, Cristiano.

— Ok, mas essa parada de religião não é comigo — retrucou, desconfiado, perguntando-se se ter pedido demissão do último serviço para acompanhar o amigo de infância foi uma boa ideia. — Poderíamos abrir uma filial de minicoxinhas, sei lá.

— Você não está sozinho nessa, cara. — Tocou-lhe o ombro maliciosamente. — Eu só me lembro de rezar quando meu time está perdendo ou quando a camisinha estoura... — Gargalhou. — Vai me dizer que não precisa de dinheiro pra sua filha?

Luíza era um assunto delicado. A garota nasceu com uma severa paralisia cerebral e demandava cuidados, dentre eles uma cadeira de rodas adequada. Cristiano acenou com a cabeça, estava pronto. *E que os deuses me perdoem*, pensou.

Sábado à noite, à luz das letras avermelhadas, a dupla repassava as estratégias. Ambos engravatados e elegantes, com cabelos jogados para trás e devidamente besuntados com gel.

— Aqui tem estilo, meu amigo — Álvaro abordava os pedestres. — Quer uma graça? É só entrar!

Tinha até pipoqueiro na porta, encargo não muito bem-recebido pelo seu padrasto, distribuindo sacos para a criançada com doses de rabugice.

Na primeira reunião, metade das cadeiras estava ocupada. Pessoas ainda no celular, atualizando as redes sociais, ou comendo pipoca. Despreocupadas, mal suspeitavam do que se passava atrás do palco.

Álvaro estava empolgado, ao passo que Cristiano suava frio de nervoso. Assistiram à exaustão aos programas de culto na televisão. Sabiam os trejeitos, as frases de efeitos, como chorar e fazer piada na hora certa. Exemplares da Bíblia vindos de um sebo com folhas malcuidadas e capa manchada dariam a impressão de árduo estudo. Entre uma página e outra, um marcador com palavras bonitas no caso de emergência. Eram farsantes, mas organizados.

O evento começou. Álvaro apresentouse e começou um discurso sobre os problemas espirituais e a crise financeira. Gritou para afastar

CHUTA QUE É MACUMBA!

os espíritos do corte de energia da conta atrasada. Deu saltinhos ritmados para chamar aquela oferta de emprego. Tudo amparado com versículos inventados de profetas com nomes de jogadores de futebol, deixando escapar um "Apóstolo Taffarel".

Ao final, cansado e com falta de ar, observava o público ainda absorto. Temendo o fracasso, chamou Cristiano de canto para iniciar a nova etapa.

O sócio subiu ao palco e, gaguejando, convocou quem tivesse problemas de visões noturnas, vozes misteriosas ou desarranjo intestinal. Uma senhora levantou a mão com o saco de pipoca, mas o garoto detrás dela foi escolhido para se aproximar. O jovem alegava ser perseguido por risadas maléficas à noite. De pronto, Cristiano diagnosticou como "obsessão", tocou a testa do jovem, que de imediato arqueouse para trás com um rosnado. A plateia paralisada. Cristiano torcia para não desmaiar de nervoso enquanto gritava palavras de ordem para o que quer que estivesse no corpo daquele fiel saísse. O possuído avançou com as mãos em forma de garra em sua direção, cuspindo xingamentos e ameaças. Cristiano gritou de revide e com um encontrão derrubou o garoto no chão.

Do canto da coxia, Álvaro assistia à conquista do público e em especial de suas carteiras. O saguão enchia devagar, um ambiente limpo e bem iluminado. Notou uma lâmpada ao fundo do saguão bruxulear — *já queimada?* —; na sequência, a do lado se apagou e retomou a luz, e assim por diante, num pisca-pisca ritmado que ninguém mais parecia notar. O acende e apaga veio da entrada até o palco, até a lâmpada bem acima de sua cabeça queimar. Estranha coincidência.

As primeiras palmas nasceram quando o garoto retornou do transe com aspecto resplandecente. Desobsessão efetuada com sucesso, afinal treinaram a possessão durante quatro dias nos intervalos da novela.

Álvaro retornou, agradecendo o sobrinho ex-possuído ao pé do ouvido. O show tinha que continuar.

Ao centro do palco, foi trazida uma televisão. Curiosos, os espectadores se juntaram para testemunhar a próxima atração.

— Este é o diferencial. — Mirou o sócio com uma piscadela.

Play e começou a ser transmitida uma gravação da invasão à paróquia. O alvo era uma imagem de Virgem Maria.

— Quebrar gesso não é crime, ou é? — indagou, puxando gargalhadas do público.

— Isso é errado... — o sócio tentou repreendê-lo sem sucesso.

A exibição foi perfeita. Como flores na primavera, as carteiras desabrocharam com o lindo resplandecer de notas verdinhas. *Graça não é de graça!*, o pensamento fez Álvaro ter orgulho de si.

Ao fim do dia e com a contabilidade feita, ainda constrangido, Cristiano tinha que admitir o sucesso, apesar das inúmeras críticas ouvidas, de alimentar o estereótipo de religioso mercenário, dentre outras frases menos elegantes. Álvaro contava o lucro, reduzindo tais críticas à boa e velha inveja:

— É raiva da concorrência.

Tinha o bastante para a pensão atrasada e a do próximo mês — calaria a boca daquela mulher inútil e das malditas crianças. A fonte não poderia secar. Mais eventos mais chamativos! Contrataria o pipoqueiro e, talvez, alguém com máquina de algodão-doce. Deixai as crianças virem a mim, e de preferência os pais também. Não pararia por aí. Movido pelas recentes notícias de invasões a centros de umbandistas, viu a oportunidade.

Os muros pichados não tinham cerca elétrica nem pedaços de garrafa. Sem esforço, saltou para dentro do local e aterrissou num amplo jardim bem cuidado com alguns pés de laranja e jabuticaba. Caminhou devagar, felizmente sem sinal de cão ou câmera. Havia uma parte coberta por telhas brancas e um salão brilhante. *Mais espaçoso que o meu.* À sua frente, o alvo: um altar com imagens cercado de retratos. E um dos quadros havia um índio de aspecto intimidador com vasto penacho e braços cruzados. *Parece piada*, ironizou.

Acionou a câmera do celular e, sem cerimônias, deslizou a barra de ferro contra a imagem em gesso de homem negro engravatado; na sequência, numa avermelhada de uma cigana e assim continuou a destruição.

Pouca coisa restou no altar. Os quadros jaziam rasgados sobre os farelos das imagens e pedaços de vasos.

CHUTA QUE É MACUMBA!

Filmou tudo. Contente, deu uma cusparada na direção da devastação, acertando a moldura da imagem do índio de olhos arregalados e três dedos em riste.

Evadiu-se pela rua amarelada pela iluminação pública. Sem testemunhas, sem problemas. Girou o pé de cabra no alto como um troféu. Neste instante, um poste falhou. *De novo isso?* Tocado pelo estranhamento, acelerou o passo. A escuridão parecia o perseguir, pifando cada poste por vez até estourarem faíscas esbranquiçadas. Com o susto, levou a mão ao peito, nauseado; a vontade de vomitar era grande. Um rugir volumoso ocupou sua respiração até ouvir:

— Espera um cadinho, desgraça!

O malestar sumiu com o berro. Respirou aliviado e buscou a origem da misteriosa voz, encontrando uma figura encolhida na beira da sarjeta. Um mendigo ou algo assim, sujeito de trajes surrados; em uma das mãos trazia um cachimbo, a outra descansava no joelho flexionado. Miravao com risadas contidas.

Deve estar bêbado, Álvaro concluiu.

— Bêbado não — disse o homem, erguendo-se na sua frente. — Zi-Fio. Suncê não veio pra cá à toa não. — Deu uma sacudidela em Álvaro, abanando as migalhas de gesso e madeira em sua roupa.

Álvaro afastouse, afinal havia uma testemunha e podia dar problemas, apesar de ocorrências como estas estarem fadadas aos arquivos policiais. Mexeu nos bolsos; pagaria o silêncio do vagabundo. Com mão forte, o sujeito deteve sua iniciativa.

— Zipreto quer ajudar, mas zi-fio tem que querer. — Sacou um cachimbo lascado, sorvendoo com vontade. Álvaro tentou libertarse. O velho continuou: — As trevas gosta da enganação. Não iluda, zi. — Baforou uma fumaça espessa. O fumo pesado era adocicado e envolveu a dupla.

Na névoa, Álvaro afogouse e foi devolvido à época de criança, quando as primeiras chineladas da mãe o repreendiam por ter furtado a bolsa de uma cliente do salão de manicure.

— Foda-se! — gritou, escapando da lembrança e dos dedos. — E foda-se você, velho enxerido! — Arremessou um punhado de dinheiro no vácuo da fumaça.

Novamente sozinho, recolheu as notas do chão. Era hora de comemorar.

FLÁVIO KARRAS

— Mais uma pra adoçar a vida! — urrou para o garçom.

— E não é que temos mais um pastor? — brincou um cliente em outra mesa. A calçada estava repleta de conhecidos, todos sabiam sobre Álvaro, seus escrúpulos (ou a falta deles).

— Prefiro "mentor". — Verteu o copo americano.

— E se alguém bobear, pode preparar as malas pro inferno. Amém?

— Amém — responderam em coro.

Abriu a décima primeira cerveja. A noite pedia uma festa, mas não uma limitada a uma mesa metálica num boteco vagabundo, ao som de forró barato de um teclado eletrônico. Era provisório.

— Vida longa às minhas graças! — berrou para o garçom. Uma porção de torresmo cairia bem. — Daqui um tempo comemorarei num iate. Terei filiais, um canal de televisão, biografias e até um filme. — Ria sozinho quando a cadeira à sua frente foi puxada por um homem bem vestido trazendo um copo de cachaça, chapéu e bengala.

— A festa é particular — disse, tentando afastar o sujeito sem sucesso.

— Malandragem tem hora. — Ajeitou a aba do chapéu branco. — Malandro sabe com o que está mexendo. — Fitou uma moça sentada na mesa ao lado com um sorriso e voltou-se com semblante carrancudo.

— Em festa de cobra, só entra quem tem veneno.

— Olha, cara. Se isto for uma ameaça, pode ajeitar sua gravatinha vermelha porque vou te arrastar pelo asfalto. — Verteu outro copo num gole só. — Estou cansado de abelhudos.

— E lá eu sou de ameaçar? — O do chapéu verteu o copo de cachaça e o retornou na mesa novamente cheio até a boca. — Lei do retorno, meu amigo. Lei do retorno.

— Piscou para a moça do lado mais uma vez, uma morena de roupas vermelhas exalando sensualidade. Ambos nutriam certa camaradagem. O misterioso sujeito voltou-se mais uma vez, agora com tom nervoso. — E então, vai continuar com essa putaria? Montando seu caminho com tijolos de esperança dos outros, malandro?

Álvaro nem bem pensou numa resposta e o sujeito sacou uma bengala, lascando-a no meio da mesa. Pururuca voou para um lado e o casco de cerveja partiu-se em cacos. Atônito, partiu na direção do homem enquanto o som da paulada ressoava nos seus ouvidos.

— Ei, está na hora de ir pra casa, não acha? — alardeou o dono do bar, suspenso pela gola da camisa no lugar antes ocupado pelo elegante sujeito.

 CHUTA QUE É MACUMBA!

Que merda está acontecendo? Primeiro o mendigo, agora isso?
Conferiu a validade da cerveja enquanto era enxotado pelo proprietário. Nada fazia sentido. Era cedo para sofrer um complô dos concorrentes. Imaginar algo sobrenatural era engraçado e patético. Resolveu voltar ao seu estabelecimento; se fosse alguma forma de boicote, não se deixaria vencer por palavras misteriosas e conselhos não pedidos.

Seguiu pelas ruas estreitas, conferindo todos os cantos, calçadas, vielas, entrada das casas e até no emaranhado de gatos pendulando nos postes. Tudo era suspeito, estaria pronto para qualquer tipo de aparição; levava uma garrafa vazia e a estouraria na cabeça de um fantasma idiota. Subiu a tortuosa esquina, o trajeto por demais conhecido, ainda sim um suspense indesejado o incomodava e, em poucos instantes, seu estômago era dominado por uma azia vulcânica, o batimento cardíaco pulsava na companhia das poucas luzes acesas na rua.

— De novo não.

Em suas costas, as casas eram engolidas pelo negrume desconhecido. Bastava virar a terceira rua à esquerda para se trancar no seu estabelecimento. Apertou o passo ainda que os pés não colaborassem e o corpo pesasse meia tonelada. Transpirava, estava gelado. Abandonou a garrafa, pôde sentir as mãos arroxeadas durante a corrida desengonçada.

Tentáculos fétidos roçavam sua pele com um rosnar odioso. Se fosse pego, seria devassado. Não era um dos sujeitos esquisitos, e sim a coisa nas luzes quando da apresentação, muito antes da invasão e destruição no terreno. Estava próximo ao acesso do templo quando seu coração foi apertado. A chave enroscava no cadeado — era novo! Por que haveria de travar logo agora? *Clic*, destrancou-se. A porta se abriu. O azedume preencheu sua boca. Pôde ouvir as orações dos seus clientes — sim, clientes — e o cheiro encardido das notas o dominou. O breu atiçava suas costas como se estivesse pronto para tragá-lo a um precipício. Jogou-se para frente.

— Xô, bicho detestável! — A voz feminina brotou adiante.

O comando aliviou de imediato a dor ao desabar desacordado nos braços perfumados.

Olhos amendoados surgiram da visão embaçada. Álvaro logo levantou-se, retirando a cabeça do colo da mulher. Era a morena do boteco que trocava olhares com o engravatado.

— Mais uma assombração? — perguntou ele, sem rodeios.

FLÁVIO KARRAS

— Ou Coisa-ruim, Pomba-gira, obra do Capeta... — respondeu bem-humorada — Sempre as mesmas palavras. Nada original de sua parte.

— Eu quebrei sim, não vou mentir. Eu acabei com o terreiro, mas se quiser eu... eu posso comprar tudo novo... eu posso sim...

— Pare com baboseiras. Não levaremos pro lado pessoal. Podemos dizer que sua visita mal-intencionada nos mostrou que precisa de ajuda. O quanto antes. Talvez você não tenha entendido o recado. Até mesmo Ebenezer Scrooge não entendeu. —

Diante do olhar de interrogação, continuou a explicar de forma didática.

— Ou você muda de atitude ou aquela sombra vai te pegar, simples assim. — Aproximou-se, tocando a unha vermelha do indicador no queixo mal barbeado. — A desesperança e enganação ganharam forma e estão atrás de você com apetite.

— O Diabo?

— Mais uma palavra nada original — sussurrou com os lábios avermelhados a milímetros da boca do homem assustado. — Sua oratória poderia ser mais bem usada, já pensou nisso? — A pergunta foi pontuada por um beijo, mergulhando-o num céu de algodões premonitórios. Neles, o sócio esbravejava no palco, seguido pelos fiéis. O sobrinho estava no chão, enquanto a pequena Luíza estava de pé, gritando na sua direção.

O beijo acabou com os olhares se cruzando.

— Se você não mudar de atitude... não te obrigaremos a nada, a escolha é sua.

— Oh, Jesus. Oh, Jesus.

— Ah... — Espreguiçou-se. — Jejê está numa missão mais indigesta. Maldito Congresso Nacional! — Caminhou na direção da porta e o fitou pela última vez.

— A escolha é só sua. Fiz a minha parte.

Azulejos foram boas companhias de insônia. Acocorado no vaso sanitário, sob a luz da manhã através das janelas de vidro, Álvaro passou o tempo a remoer o que teria de mal no que estava fazendo. Não estava roubando, matando, sequestrando — oras —; apenas concedia

CHUTA QUE É MACUMBA!

graças. *Graça não sai de graça*, riu, tentando convencer-se.

— Está aí? Temos quinze minutos! — A voz do sócio explodiu do outro lado da porta.

Quanto tempo ficou recluso? Estava na hora do culto da manhã e seu corpo fedia suor e cerveja. Sua aparência estava um caos. Olheiras, lábios manchados de batom — mas não era uma alucinação?

Pensou no próximo passo: desistir ou seguir em frente?

A sombra era real? Talvez não, talvez fosse apenas o estresse. Iniciar um empreendimento exigia muita responsabilidade. Muitos empresários quase piram. E aquele presságio? A garota de pé só mostrava a ocorrência de um milagre — sem querer, mas ainda assim um milagre. Lavou o rosto, satisfeito. Finalmente convencido das próprias palavras, retrucou ao amigo na porta:

— Inicie os trabalhos. Tomarei um banho e apareço por lá. — Desatou o nó da gravata ao som dos passos do amigo se afastando, levando com ele a claridade do sanitário.

A manhã se fez noite no cubículo. Álvaro observou a escuridão vazando pelas frestas dos azulejos. A torneira se abriu, despejando vulto negro pelo chão. O negrume atingiu a sola dos sapatos. Tentou desdizer; o arrependimento veio tarde demais. Tomado pela escuridão, o rosnar emudeceu sua mente, dentes afastavam a carne dos ossos, garras afiadas pegaram seu coração. Espremeu os olhos na esperança de ser apenas um sonho ruim.

Ao retomar a visão, diante de si, sentado num vaso sanitário, via seu corpo já sem vida. Traços horripilantes marcavam seu rosto. A mão direita apertava com afinco o lado esquerdo do peito — traído pelo coração. Desesperado, abandonou o cadáver e saiu ao encontro do sócio no palco.

Encenando o exorcismo ao lado do sobrinho disfarçado com uma barba postiça, Cristiano não deu atenção aos gritos do amigo à sua frente.

Em meio à aflição, um magnetismo envolveu Álvaro, tragando-o para dentro do garoto. Os gritos por ajuda saíam da boca do sobrinho na forma de latidos e contorções. Pôde ver o espanto do companheiro com as atitudes improvisadas. Os grunhidos continuaram, para alegria da plateia. Os membros convulsionavam até o garoto extinguir suas forças, caindo no solo com a boca espumando.

— Pode levantar — Cristiano sussurrou ao garoto desacordado.

— Aleluia, pe... pessoal?

FLÁVIO KARRAS

— Por que ninguém me ouve? — De dentro dos lábios escancarados, Álvaro implorava. Procurou ajuda quando os olhos da pequena Luíza encontraram os seus. Em sua cadeira de plástico, os membros tortos e frágeis abraçavam o nada. Álvaro rezou para que não fosse levado para dentro daquela casca delicada. *Ela não suportaria, por favor.* Mas era um homem sem fé.

O público lançou notas aos céus quando a criança ficou de pé. *Um milagre*, todos gritaram. A passos tortos, caminhou até o pai. Não se compreendia nenhuma palavra, apenas raivosas sílabas. Cristiano sorriu ao ver a filha curada, abraçando-a na chuva de notas.

Um milagre, um milagre!, os louvores continuavam, e, preso no desconhecido, Álvaro gritava por socorro dentro da garota.

GLAU KEMP, escritora de terror e exorcista de animais de pelúcia, é autora de *Quando o Mal Tem um Nome*, e-book que figurou por vários dias entre os mais vendidos na categoria Horror da Amazon. Organizou a série de antologias *Creepypastas* (Ed. Lendari) e foi co-organizadora da coletânea *Arquivos do Mal* (Ed. Coerência). Também é youtuber no Canal Terror Real.

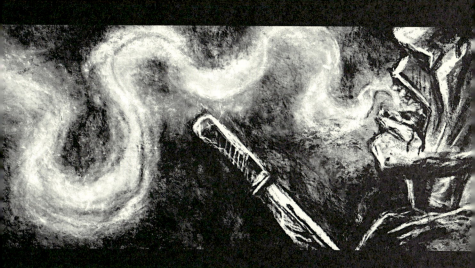

O SUSSURRO DO DEMÔNIO

Glau Kemp

"O medo é vivo. Percorre veias e atinge todas as partes de seu corpo em questão de segundos, enche o coração de sangue descompassado e injeta os olhos com pavor genuíno. O medo sai pelos poros e exala o odor que atrai as mais terríveis criaturas. A duração é de um piscar de olhos; eles abrem e fecham, e antes de descobrir o que é a silhueta grotesca atrás da porta, o corpo estremece prevendo as coisas indizíveis que acontecerão. O demônio vem vindo. É como uma doença e contamina as pessoas ao redor. Talvez tenha sido o medo que riscou o condado de Albuquerque do mapa."
(F., sobrevivente da tragédia de Albuquerque)

Parte I

Inverno, 1986

A pele retesada e pálida é riscada por uma trama de veias grossas que vão do roxo ao vermelho. A barriga dura e o umbigo saltado são uma visão insuportável que Constância evita a todo custo, contudo o sofrimento escondido por panos durante oito meses está nu diante dos olhos de Xavier. Ele segura a faca de caça já afiada, os nós dos dedos brancos enquanto com a outra mão enxuga a testa suada da esposa. Constância tem os olhos encovados e tristes. Os lábios finos e trêmulos suplicam a misericórdia de Deus, mas Xavier sente que estão sozinhos ou, pior, que Deus não pode entrar na cabana, já que ela será o berço do filho do maligno. E pelo odor pestilento e inexplicável que se apossou do lugar nos últimos dias, o Diabo está entre eles.

Constância geme e o som lamurioso fere os ouvidos de Xavier. Todo esse sofrimento é culpa dele. Ele aperta a faca com mais força, mas o medo o consome porque talvez não tenha coragem de cumprir a promessa feita à esposa. O homem tem medo do que vai encontrar quando mulher der à luz o bebê maldito.

Há dias sonha que, entre as vísceras da esposa, um filhote de bode cresce e se alimenta de seu sangue e bondade. No sonho, ele mata a criatura, mas, ao acordar, é tomado pelo horror de um pensamento constante: e se o bebê não for monstruoso? E se não carregar a face do demônio? Terá coragem de passar a faca na garganta de uma criança de pele rosada com os mesmos olhos azuis melindrosos de Constância?

— O nevoeiro ainda está lá fora? — a mulher pergunta com a voz falhada entre as contrações. O momento está quase chegando.

— Sim. — Ele olha pela janela e tudo é opaco. Passa a mão no vidro embaçado e não vê nada além da brancura enervante. — Não se preocupe com isso. — Liga o rádio e uma música suave ressoa. — Vai ficar tudo bem.

— Deus nos abandonou, Xavier. — Constância enrola um terço de madeira em cada mão e grita de dor. O contato de sua pele com o objeto queima a carne ao ponto de fazer barulho. — Não finja que não sente esse cheiro que sai de dentro de mim. É a própria morte...

— Não é momento pra isso, Constância. — O bebê se mexe dentro da barriga e uma forma estranha surge em alto relevo na pele da mulher, que se contorce de dor. — Tenha fé! — Xavier grita, contudo,

 O SUSSURRO DO DEMÔNIO

dentro dele, só há medo e culpa.

Sangue escorre pelas pernas dela e é chegada a hora. O casal havia feito uma tentativa de dar fim à vida do bebê meses atrás e o custo quase foi a vida de Constância. Decidiram então esperar por um nascimento natural e matar o fruto do mal assim que deixasse o corpo da mulher. Constância não consegue mais conter o pavor e repete aos gritos a súplica feita ao marido e a qualquer força capaz de aliviar seu fardo:

— Tire isso de mim!

As pernas dela estão fracas e os ossos apontam em todo o corpo de pele translúcida e escamosa. Constância, antes cheia de curvas, hoje não pesa mais do que quarenta quilos. *Ela vai morrer.* A sentença chega ao coração de Xavier como uma verdade universal.

— Tire isso de mim!

Constância berra abaixada no piso de madeira gasta. O sangue fluindo de dentro dela é grosso e negro e a mulher parece um animal ferido se debatendo em um pântano de lama. Os cabelos loiros estão embolados, molhados de suor e sangue escuro. Constância usa as últimas forças para bater na barriga e se contorcer no chão. Com as unhas encravadas no ventre, ela tenta, em vão, obrigar que o bebê saia. O tempo parece suspenso em dor e desespero. Xavier segura a esposa por trás, impedindo que suas unhas arranhem mais ainda o corpo já decrépito. A neblina passa por entre as frestas das portas e das janelas e a temperatura cai abruptamente. No rádio, um locutor de voz empostada avisa sobre o mau tempo e uma tempestade perigosa. Sua voz é interrompida e o som de estática toma seu lugar. "Tenham cuidado" é sua última frase.

Xavier abraça Constância, pressionando sua barriga para baixo, a mulher bate as pernas no chão, o som ecoa pela cabana em sinfonia com a estática do rádio. Lágrimas invadem os olhos do homem que sente o corpo da mulher desfalecer após um último grito apavorado. A névoa invade a cabana e, quando Xavier percebe, mal consegue enxergar a barriga da esposa a trinta centímetros de distância. Sente um grande volume se deslocar embaixo de seus braços, dentro do ventre dela e um movimento de algo líquido estourar. Tudo acontece rápido demais e Xavier se assusta com o som de algo duro batendo várias vezes no chão. O homem contorna o corpo desfalecido da mulher, a faca está em punho, mas não há mais nada. A barriga de Constância está murcha. Uma trilha pegajosa sai de seu corpo e some na neblina gelada.

GLAU KEMP

É nessa hora que o medo toma conta de Xavier: ele ouve o som de um andar pesado na madeira e, pelo barulho, está muito próximo. Sacode os braços à frente, um gesto cego à procura de algo e uma realidade grotesca perpassa sua razão, jogando-o na direção da loucura. O barulho estranho são cascos.

— Nos deixe em paz! — grita, já perdido dentro da própria casa. Não tem certeza se a porta sala está à sua direita ou esquerda. — Vá embora! — Xavier se abaixa e engatinha até onde acha que está o corpo da esposa. Segura seu tornozelo com uma das mãos e com a outra mantém a faca empunhada.

Por um minuto, o rádio entra em sintonia e a voz do locutor parece distante, quase irreal:

"Por causa da chuva, a estrada leste, que dá acesso ao Condado de Albuquerque, está interditada. Houve um grande deslizamento de terra. Até agora não há nenhuma informação sobre vítimas. Em comunicado..."

A estática retorna e Xavier apura os ouvidos, mas não ouve barulho de chuva. Sua casa é próxima da estrada leste. Sente-se estranho, não consegue mais concatenar um pensamento são e, de uma forma primitiva, deseja apenas fugir.

Xavier sente o tornozelo de Constância gelado, mas ainda não está pronto para aceitar a morte da mulher. Ela pode estar em choque e, se antes os médicos não puderam ajudá-la, talvez agora, sem a coisa maligna, eles possam salvar sua vida. Mas os planos dele são lentos e, em segundos, o corpo de Constância é puxado com rapidez sobrenatural. A mulher grita como quem acaba de acordar de um pesadelo e todas as portas e janelas na cabana se abrem e fecham em estrondo. Uma força invisível joga o corpo de Xavier contra a parede, mas ele continua a não enxergar nada além da névoa.

— NÃO! — A boca escancarada permite que a névoa entre em Xavier. Ele não resiste. A dor de ouvir os gritos da mulher é insuportável. — Constância! Deixe-a em paz! — O corpo de Xavier está colado na parede e, por mais que faça força, nada se mexe com seus esforços.

— Não! Constância!

A mulher continua gritando e ele é incapaz de compreender o que acontece somente ouvindo os sons estranhos, mas é certo que ela sofre. Lentamente o corpo de Xavier é içado do chão, os braços abertos formam uma cruz e sua visão, mesmo embebida em lágrimas, começa a voltar. A porta da sala se torna visível e um corredor se abre em meio

 O SUSSURRO DO DEMÔNIO

à névoa.

— Papai — a criatura fala e sua voz não é humana. — A mamãe não me amava.

Xavier fecha os olhos, apertando-os fundo no rosto. O homem não pode mais olhar para aquilo. É impossível pôr os olhos na criatura e não desejar uma morte imediata ou qualquer maldição para seu corpo e alma. Nem o pior dos homens deveria ver tal abominação em vida.

— Olhe para mim, papai.

Os olhos de Xavier se abrem em um rompante, suas pálpebras são arrancadas com precisão cirúrgica e lágrimas de sangue escorrem por seu rosto. A criatura permanece imóvel. De sua pequena mão terminada em três dedos compridos com garras, a cabeça decepada Constância observa em horror eterno Xavier imóvel na parede oposta. A boca de mulher está escancarada em um grito pavoroso, mas os olhos permanecem apertados dentro do rosto. Ao menos ela foi privada da visão da abominação. Xavier não pode gritar e até da morte ele é privado.

— O que você fez, papai? — A criatura inclina a cabeça de lado, um gesto estranho, e Xavier é incapaz de definir se há um sorriso em sua expressão. — Ela devia me amar e me alimentar — diz a criatura e sua voz parece envelhecer enquanto fala.

O rádio entra em sintonia: "Meu bebê papinha é a alegria das crianças. Dê comidinha pra ele e receba seu amor. Meu bebê papinha é um amorzinho". A propaganda repete na rádio e a voz fina do boneco soa cada vez mais assustadora: "Eu amo você! Eu amo você! Eu amo você!"

— Pra que essa faca? — pergunta a criatura que, quase de forma gentil, alivia a pressão no corpo de Xavier, seus pés tocam o chão novamente e ele consegue se mexer. Geme de dor involuntariamente, entretanto não ousa falar, tremendo da cabeça aos pés, nem levanta o olhar. — É com ela que vai me matar! — Xavier se encolhe e aperta a faca contra o peito diante do grito da besta.

Misturado ao medo, Xavier sente o frio da lâmina contra a pele e a decisão dos músculos é tomada antes da mente realmente processar o ato. Com toda a força, desfere uma facada contra o próprio peito, enterrando a faca no meio do coração.

— Não! — A criatura joga a cabeça de Constância no chão e névoa toma conta de tudo outra vez.

Xavier sente o coração bater devagar e uma dormência tomar seu corpo, a dor do corpo aumenta e a da alma diminui. O gosto de sangue chega à garganta e ele é grato pela dor que sente: será a última de todas as dores.

— Prefere a morte a mim, seu filho? — A criatura envolve a faca que perfura o peito de Xavier e aproxima-se do ouvido dele. — Mas eu sou a morte, papai.

Parte II

Dentro da igreja, a construção em terreno mais alto do Condado de Albuquerque, os 173 moradores se abrigam da chuva e da enchente que assolam o lugarejo. A única estrada de acesso está fechada e toda comunicação suspensa. O diácono acalma as pessoas com bons conselhos, enquanto senhoras solícitas repartem pão e chá igualmente. A professora da cidade reúne todas as crianças em uma salinha simples de orações e conta histórias à luz de velas. A pobre mulher grita contos de fadas para competir com o som assustador da tempestade lá fora. Alguns dos adultos, com pretexto de embalar crianças pequenas, se espremem entre elas para ouvir as histórias. Todos estão com medo.

Nesse momento, a névoa vence a água e adentra a igreja repentinamente. Os mais devotos rezam baixinho, pois em nenhum momento foram levados a crer que aquela manifestação da natureza era de fato natural. Mas, ao toque da brancura, todos ficam cegos e a fé se esvai no coração da maioria quando são impedidos de vislumbrar o olhar bondoso da imagem da santa protetora da cidade. Deus não está olhando por eles. O vento ruge do lado de fora da construção, arrancando o telhado de pequenas telhas de cerâmica. No meio do turbilhão, nenhum grito humano é ouvido e somente o som de um trovão poderoso e o tremor que ele provoca se fez presente.

Dentro da salinha isolada, a professora e mais três adultos se jogam no chão com as crianças e após um minuto o vento cessa. A chuva continua, mas, comparada ao que acabou de acontecer, a tempestade parece inofensiva. A professora chama pelo diácono sem obter resposta e, ao abrir a porta, vê uma cena horrenda e impossível. O telhado da igreja havia sumido e todas as pessoas estavam abraçadas no centro, aos pés do altar, exatamente onde um raio havia caído. A professora cobre o rosto com as mãos. O cheiro de carne humana queimada se espalha. Alguns corpos estão enegrecidos enquanto outros parecem derreter, mas todos carregam a mesma expressão pavorosa.

— Deus todo misericordioso — a mulher geme e um novo trovão reverbera, fazendo a construção estremecer. A professora faz o sinal da cruz ao ver paredes de névoa contornarem a igreja.

— O que é isso, meu Deus? — O senhor Francisco, dono do mercadinho, se segura na porta ao ver a tragédia à frente e suas palavras quase não são ouvidas por causa do som de trovões, cada vez mais alto.

As crianças gritam e a professora pede calma, repetindo que tudo ficará bem, mas, quando um homem de olhos esbugalhados adentra a igreja com um embrulho nos braços, ela sente que nada ficará bem. O rosto do homem surge manchado de sangue, não tem pálpebras cobrindo seus olhos e uma faca atravessa seu coração. Do embrulho que segura nos braços, um odor podre exala. Os gritos das crianças dentro da sala atormentam seus pensamentos, impedindo que pense.

Tia Fátima! Tia Fátima! Tia Fátima!, elas gritam com vozes chorosas repletas de desespero infantil. O medo vem de todos os lados e, de repente, Fátima é uma ilha de sanidade cercada do mais profundo horror que beira a loucura.

— Vão embora — o homem fala e sua voz é a coisa mais sem emoção que ela já tinha ouvido. — Só deixe as crianças.

O senhor Francisco coloca a mão ossuda e idosa no braço da professora. Fátima olha para dentro da sala repleta de crianças, sabe o nome de todas elas. São treze crianças no total. Olha de volta para o homem e ele está mais perto, imóvel. O senhor Francisco aperta seu braço e sussurra em seu ouvido uma única palavra:

— Vamos.

Fátima sente uma garotinha puxar sua saia enquanto o velho empurra a criança para dentro, tentando fechar a porta. O estranho se aproxima mais. Os gritos não permitem que ouça as palavras do homem. Em segundos, se vê dentro da sala abraçada às crianças. O senhor Francisco havia fugido e ela estava ali, presa. Sua vizinha, Maria, permanece imóvel no fundo da sala, abraçada aos filhos em um pranto contínuo. Uma batida na porta faz todos correrem para o fundo da sala e o homem estranho entra com o embrulho nos braços. Seu andar é mecânico e seus pés batem no chão como se fossem cascos.

O homem coloca o embrulho atrás de um biombo de rezas e ordena que a criança mais corajosa se levante e vá até ele. O menino chamado Jorge obedece, para o desespero de Fátima. Ela estica os braços para segurar a criança, que se desvencilha com um olhar vazio. O menino vai atrás do biombo e aquilo que estava dentro do embrulho o devora. A luz das velas ainda acesas projeta grandes silhuetas no biombo de tecido; as crianças estão em silêncio, em choque diante da cena, mas

GLAU KEMP **135**

a lucidez de Fátima a castiga como uma maldição. O som dos ossos se partindo invadem sua alma. A criatura suga as cavidades e lambe o sangue, descartando tudo aquilo fora de seu agrado. Em uma pilha ao lado, larga seus rejeitos, partes consideradas imperfeitas. A cabeça de uma criança desliza do monte de partes descartadas, rola pelo chão e, de seu rosto, faltam a boca e o nariz.

A criatura come as crianças uma a uma e seu corpo abominável se modifica de acordo com suas qualidades e fisionomia. O homem estranho segue encarando-a durante o que parecem horas. Ao final, as velas já apagaram, mas Fátima consegue ver que a criatura é uma criança normal diante dos olhos, mas o cheiro e a sensação de morte não se foram. Só restam ela e Maria na sala. A vizinha é chamada primeiro, também hipnotizada — talvez nem sinta dor —, e Fátima é incapaz de se mexer quando chega sua vez.

O estranho sai pela porta e a criança passa por ela, fazendo sinal de silêncio. O dedo gorducho pressionando os lábios rosados contorna um sorriso gentil. É o sorriso da garotinha Ana, Fátima reconhece de imediato. Para ela, pior do que ser devorada pela criatura é ter sido deixada para trás, testemunha da completa abominação. Mas o segredo é terrível demais e, como o homem estranho, ela clama pela misericórdia da morte.

E ela ouve.

A criança sussurra ao estranho e o homem se adianta em direção a Fátima. Pela primeira vez, ele sorri. Todo o corpo da professora convulsiona em desespero e os gritos reclusos vêm à tona de uma vez. A incerteza das intenções do homem é mais perturbadora do que os atos hediondos da criança. O que ele fará com ela?

A morte realmente seria um alívio para Fátima, mas ela não chegaria antes de nove meses.

O SUSSURRO DO DEMÔNIO

VINÍCIUS LISBOA nasceu no Rio de Janeiro em 1989, estudou roteiro na Escola de Cinema Darcy Ribeiro e se formou em Jornalismo na Universidade Federal Fluminense, onde também fez mestrado em Estudos de Linguagem. Atua como repórter há 10 anos e, como escritor, já publicou contos em coletâneas literárias de fantasia e escreveu a antologia distópica *No Fim do Arco-Íris*, no Medium. Fã de terror, acredita que o gênero é capaz de produzir discussões poderosas ou simplesmente entreter seus leitores com um mergulho literário eletrizante, e prefere quando o autor oferece os dois.

AQUELA ANTIGA BR

Vinícius Lisboa

Os carros quicavam nos buracos daquela antiga BR que cortava os precipícios sinuosos de uma mata atlântica serrana quase preservada. De longe, Lúcia escutava os motores durante a leitura dos diários de classe.

O ronco deles começava bem baixo, e a educadora podia terminar uma linha ou duas na tabela de faltas antes de voltar o olhar para a janela e conferir se o motorista respeitava os limites de velocidade. A pedido dela, uma placa sinalizava o movimento de crianças naquele trecho deserto, a não ser por sua escola e uma maltrapilha barraca de caquis.

Lúcia foi avisada não uma nem duas vezes de que aquela era uma estrada ruim para uma escola. Mas o terreno era perfeito e a construção do antigo colégio suíço, abandonado havia dez anos, parecia desenhada por ela de tão compatível com seus planos.

O prédio principal tinha as janelas da fachada viradas para o sol da manhã, horário em que a maior parte das crianças estudava em sala. A vista das encostas e pedras da Serra do Mar enchia de verde as vidraças como quadros de tema tropical.

Atrás dos três andares desse prédio, um minúsculo bosque com ipês-amarelos protegia os alunos do sol do meio-dia, e uma pequena horta pegava o sol da tarde na terra fofa dos fundos do terreno, por onde se descia uma escada para chegar até uma estufa.

Lúcia passava a maior parte do tempo em sua sala, no ar-condicionado. Perto de sua mesa ficava a de Aurélia, a coordenadora, com quem dividia a sala. Melhor do que sua companhia, era a foto dos filhos trigêmeos de dez anos da sua colega. Lúcia muitas vezes perdia alguns minutos admirando seus sorrisos.

Na escola, a diretora conhecia cada criança pelo nome. Seus alunos eram filhos de fazendeiros, médicos, funcionários da prefeitura e comerciantes da pequena Bom Jardim, na Região Serrana do Rio — uma pequena elite bem diferente daquela com que Lúcia conviveu como professora no Horto, parte mais verde da zona sul do Rio de Janeiro. Trabalhar praticamente dentro da mata deu a ela a vontade de se isolar ainda mais, e, para isso, foi para bem longe do trânsito do bairro do Jardim Botânico. Escolheu a antiga BR, onde a carga dos agricultores locais e alguns turistas mal orientados pelo GPS eram o principal movimento.

Algumas economias e heranças se somaram para que seu sonho fosse realizado, e ela agora conferia os diários de classe com a satisfação de um fazendeiro que vê seu gado engordar. Bastou a notícia de que uma professora da elite carioca trazia seu método para Bom Jardim para que uma fila de famílias tradicionais se formasse em sua porta.

— Lucinha, vem pro bolo da Madá — gritou Aurélia do lado de fora da sala, interrompendo as recordações da diretora.

— Ah, claro! Estou indo já. Me dá um minuto.

Lúcia fechou um dos diários e o deixou sobre os outros que se empilhavam em sua mesa. O sol já estava se pondo, e as cigarras cantavam.

— Aêêê! —

gritavam todos em volta da mesa quando Lúcia entrou na sala dos

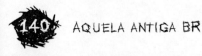

professores. Madá era a faxineira da escola. Seu sorriso era contagiante, e seus olhos não escondiam a vontade de saborear o bolo salpicado de coco ralado.

— Qual é o seu desejo, Madá?

Lúcia parou de prestar atenção quando Aurélia pôs a mão em seu antebraço. Suave e tensa, ela disse baixo ao ouvido.

— Tem uma criança que não foi embora.

Eram mais de cinco horas da tarde, duas horas depois do horário de saída das turmas. Os professores podiam se desligar e festejar justamente porque todas as crianças já deveriam ter ido embora.

— Quem é?

— O Julinho, do primeiro ano.

— Ué, mas ele não vai de van?

— Não sei por que não foi.

O que tranquilizava Lúcia eram os muros da escola. Nenhuma criança conseguiria pular seus dois metros. Mas, com todos os funcionários na festa, quem o impediria de sair pelo portão? Esse pensamento fez os pés de Lúcia caminharem sozinhos para a porta da escola, onde grades coloridas tentavam alegrar o confinamento do ensino em tempo integral.

Quando contornou o prédio e chegou ao portão, seu medo se confirmou. Estava destrancado, sem que ninguém o vigiasse.

À beira da antiga BR, ela viu o verde vazio de sempre. A mata atlântica dos dois lados deixava o ar úmido e fresco. Do outro lado da rua, sua vizinha vendedora de caquis, Dalvinha, cochilava em uma barraca improvisada na frente de um portão que quase sumia entre as árvores.

Lúcia atravessou a rua e tentou ser educada ao interromper seu sono com um boa-tarde.

— Dona Lúcia! — Sacudiu-se Dalvinha ao acordar — Boa tarde. Tá meio parado hoje, né?

Lúcia queria concordar.

— Você viu alguém passando por aqui? Alguém entrou ou saiu da escola?

— Ué, todo mundo saiu.

— Não. Nos últimos quinze minutos.

— Ai, Dona Lúcia, não sei. Tomei meu remédio e tô caindo pelas tabelas. Mas acho que não. Entrar, ninguém entrou.

— Obrigado, Dalvinha. Você tá sempre de olho nos meus meninos, né?

— Sempre.

O barulho de um caminhão cresceu rapidamente, e o gigante passou por elas muito acima da velocidade permitida, com porcos na caçamba.

— Agora vê... na frente da escola... — protestou a vendedora de caquis, buscando o consentimento da diretora.

Mas ela falou sozinha.

Lúcia olhava paralisada para o portão da escola.

Lá, uma criança que não conhecia a encarava.

Aquela criança que não vestia uniforme, mas trapos que estavam sujos e amarelados. A criança parecia tão assustada quanto ela. Também olhava, estática, para a barraca de caquis, e urina escorria por sua perna. Tremia.

Um segundo caminhão passou no sentido contrário. Seu comprimento pareceu de um quilômetro, porque os olhos de Lúcia ansiavam por conferir se a criança estava mesmo diante deles. Sem muita surpresa, ela havia desaparecido, como a fumaça que saía pelo cano de descarga.

Lúcia entrou na secretaria ainda pálida. A mobília colorida foi comprada para dar descontração ao ambiente, mas, naquele momento, irritou seus olhos.

— Aurélia! Aurélia!

Quando caiu em si, Aurélia estava sentada em uma poltrona, com as mãos no rosto.

— O que foi? O que aconteceu? — perguntou Lúcia, ainda mais preocupada.

— O pai disse que ele deveria ter ido na van. Que não combinou nada de diferente.

— Você tem certeza que trouxe essa criança aqui?

— Tenho, Lúcia. Claro. Peguei ele pela mão e trouxe aqui. Mandei ficar sentado aqui nessa poltrona.

— Então, por que você não está revirando essa escola de cabeça pra baixo pra achar? Temos que procurar, Aurélia. E chamar a polícia, se não acharmos.

— Ai, meu Deus.

— Reza mesmo. E vai lá em cima chamar todo mundo. Acabou a festa.

O sorriso de Madá virou olhos arregalados enquanto ela e os demais deixavam o aniversário de lado e vasculhavam a escola. A maior parte dos funcionários já tinha ido embora, sem saber do sumiço do aluno.

Cada sala e cabine de banheiro foi verificada, e nenhum sinal de Julinho foi encontrado no prédio principal. Lúcia já esperava por isso e foi para os fundos da escola, onde ficava a horta.

Ela desceu a escada para a parte mais baixa e úmida do terreno, onde o sol não batia e a terra nunca secava.

O aroma de alecrim e hortelã entrava em suas narinas sem causar tranquilidade alguma. Plantar ervas cheirosas tinha sido a solução para animar as crianças viciadas em açúcar e frituras processadas, e poucas até aceitaram incluir no almoço a clorofila que elas mesmas cultivaram.

A diretora entrou na estufa, onde cantos ocultos e mesas de concreto criavam tocas e esconderijos. Depois de circular uma delas, com os joelhos trêmulos e fracos de nervosismo, ela se abaixou para ver sob a superfície de cimento em que estavam pequenas mudas que não sabia identificar. As cores do pôr do sol já haviam sumido do céu, e as estrelas brilhavam como os mil olhos da noite.

Ela viu não apenas abaixo de uma mesa, conseguiu enxergar o que tinha sob todas elas, que estavam enfileiradas como prateleiras de supermercado, cada uma com suas mudas germinadas. No fim de todas elas, as pernas da criança maltrapilha voltaram a assustá-la. Ela ainda tremia.

Uma risada distante chegou ao ouvido de Lúcia e, nessa hora, a criança subiu na última mesa, saindo do campo de visão da diretora, que continuava a olhar abaixada.

A hesitação em levantar tomou conta de seu corpo, a ponto de os joelhos não reclamarem da posição de cócoras. Quando se levantou, o menino, agora identificável, estava agachado ao seu lado, sobre a mesa.

Seus olhos eram um abismo.

O susto derrubou Lúcia no chão, e suas mãos doeram com a espalmada na terra arenosa da estufa.

— Não deixa ele brincar — disse o garoto. — Não deixa ele brincar.

Um barulho de passo firme saiu do fundo da estufa. *Alguém pisava firme.*

Caída no chão, Lúcia olhou para o fundo da fila de mesas. No final de todas, as pernas de um homem apareceram. Seus passos fortes tinham uma botina de borracha e ele vestia bermuda jeans, deixando de fora suas panturrilhas gordas, sujas de sangue e lama.

Ao andar, ele atravessava as mesas, imaterial, na direção de Lúcia.

A diretora engatinhou como um animal.

Não havia forças para se levantar nem para assistir parada à aproximação daqueles passos emborrachados. Rolando para fora da estufa, ela ficou de pé e correu, já com lágrimas nos olhos, que ficaram incrédulos ao se deparar com Julinho, no meio do pátio, como se nunca tivesse sumido.

Do outro lado do pátio, exasperada, Aurélia gritou o nome do aluno, e Lúcia teve a certeza de que o menino de dez anos uniformizado de azul e amarelo não era uma alucinação. Nesse instante de alívio, seu corpo desligou-se.

Um cheiro forte de terra entrava em suas narinas. Do olfato, seu despertar passou ao tato, e ela sentiu o chão granuloso entre os dedos. Seu rosto também estava nele.

Lúcia abriu os olhos antes de compreender o barulho ritmado que estava ouvindo. De costas, ainda sobre as botas emborrachadas, o homem cavava um buraco atrás da horta.

Ela tentou rastejar furtivamente. Articulou os joelhos, preparou os calcanhares e apoiou as mãos no chão. Seu movimento, porém, causou um barulho metálico.

Seu tornozelo tinha um grilhão, e uma corrente enterrada no chão prendia seu corpo.

O homem se virou lentamente, como um animal de meia tonelada.

Dalva saltou de seu sono na barraca de caquis quando ouviu o portão da escola bater. Uma mulher descontrolada enrolava correntes na fechadura, enquanto o motor de seu carro continuava ligado. Aflita, ela entrou pela porta do veículo e a bateu com força. Saiu em uma arrancada, derrapando na curva seguinte.

Era Aurélia.

Madá assoprou as velas de seu bolo de aniversário. Crianças com dentes afiados batiam palmas para os parabéns sem cantá-lo.

Ela sorria, emocionada com a homenagem. Pegou a espátula e cortou um pedaço do bolo.

A massa sangrou quando foi separada. Vísceras diláceradas caíram da fatia que ela levantou e pôs no guardanapo. Uma sombra do outro lado da sala esperava pelo primeiro pedaço de bolo. Era a sombra de uma mulher.

Madá acordou. Sua cabeça ainda doía. Sangue molhava seu cabelo e esquentava sua nuca. Deitada no chão da secretaria, ela tentava entender por que Aurélia golpeou sua cabeça.

A faxineira se levantou ainda tonta. Roberto, o professor de história, não teve tanta sorte e sangrava bem mais do que ela. Aurélia deve ter golpeado com mais força, com medo de não conseguir apagá-lo em um só golpe.

Quando tentou sair da secretaria, viu que a porta estava trancada.

— Socorro! Socorro! — gritou, batendo na porta.

Julinho tampou a boca de Lúcia.

As pequenas mãos do menino surgiram de trás da diretora e só não a assustaram mais do que ver o rosto do homem de botas emborrachadas. Sua barriga estufava a camisa de botão puída, que não fechava até o fim de seu tronco.

Ele estava brutalmente ferido. Algum golpe de força terrível havia afundado seu crânio, enterrando todo o lado direito de seu rosto em uma massa disforme de carne e sangue. Sua camisa e calça também sangravam.

— Vai ser um jogo muito rápido — sussurrou Julinho, em seu ouvido. — Já tava tudo quase pronto. Ele só não tinha com quem jogar.

— Corre daqui, Julinho. Corre daqui — respondeu ela, afastando os dedos do menino.

— Tenho que esperar a tia Aurélia me buscar. Ela disse que eu podia ficar pra brincar que ela me levava pra casa.

Dalva ouviu os gritos de Madá e se levantou depressa. Ao olhar atentamente para o portão da escola, viu a mesma criança que assustou Lúcia quando foi à sua barraca de caquis. Trancada do lado de dentro, ela pedia ajuda.

O homem assustador se virou de novo para a terra e continuou a cavar.

— A Aurélia disse isso? — perguntou Lúcia, enquanto ainda testava a força da corrente que a prendia. — Ela já deve estar chegando. Temos que jogar logo.

— Jogar o quê?

— Morto-vivo.

— Morto! — disse o homem sem se virar, com uma voz engasgada de sangue.

Julinho caiu no chão como um brinquedo.

— Socorro! — desesperou-se Lúcia. — Alguém, pelo amor de Deus!

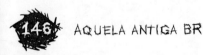

— Eu disse morto!
Lúcia ficou em silêncio e seu corpo amoleceu. Mas, ao contrário de Julinho, ela não perdeu a consciência.
— Tem uma parte da regra que ele não pode saber.
O homem se virou novamente para Lúcia e jogou a pá de lado, como se tivesse terminado seu trabalho.

Diante do portão, Dalva ouviu as batidas de Madá na porta da secretaria. Aurélia havia colocado um cadeado e envolvido a fechadura com o máximo de voltas que a corrente permitia.

A criança desesperada saiu do portão e correu para dentro da escola, indicando o caminho.

Dalva segurou o cadeado com firmeza e o puxou, arrebentando-o de uma vez com a corrente.

Ela abriu o portão e entrou na escola.

Madá pegou um dicionário pesado, daqueles que se consultava antes do Google, e golpeou a maçaneta com toda a força. Uma, duas, três vezes. O máximo que conseguiu foi entortá-la. Com a dor em sua cabeça, ela recuperou uma parte da memória de seu sonho.

Como nos filmes, tentou bater seu ombro contra a porta, mas o impacto fez sua cabeça machucada latejar intensamente.

A mulher na visão de Madá mordeu o bolo faminta, fazendo escorrer por sua boca o sangue e os tecidos viscosos da carne humana.

Era Lúcia.

Madá voltou a si ao ouvir o barulho do cadeado arrombado.
— Socorro! Abre aqui!
— Ela comeu a carne? — perguntou uma voz feminina, do outro lado da porta.
— O quê? — Madá se surpreendeu.
— Ela comeu a carne?? — repetiu a pergunta com mais ênfase.
— Comeu. —
Os passos da mulher se afastaram.

— Não me deixe aqui! Não me deixe aqui!

Julinho continuava caído, sem se mexer ou respirar.

— A regra da brincadeira é a seguinte — anunciou o homem. — Este buraco é a morte. Quando eu disser "vivo", vocês dois precisarão definir quem ficará vivo até eu dizer "morto" de novo.

Lúcia quis gritar que rejeitava as regras, mas não conseguia. Também estava imóvel.

— Quando eu disser "morto", quem estiver no buraco não vai se levantar mais. Não vai ser tão difícil quanto parece. Acredite.

A diretora usava toda a sua concentração para tentar mover qualquer parte do corpo ou ao menos gritar, mas era impossível.

— Vivo!

Dalva chegou aos fundos da horta a tempo de ouvir a ordem que deu início à selvageria. Julinho levantou-se com o corpo torto, contorcionista, e avançou contra Lúcia como um animal quadrúpede. Seus dentes estavam tão afiados quanto no sonho de Madá.

A diretora demorou a acreditar no que estava acontecendo e isso lhe custou um corte profundo na costela. As unhas de Julinho também haviam crescido e se amolado. Seus olhos pareciam prestes a saltar da cabeça.

Machucada e apavorada, com sangue escorrendo pela cintura, Lúcia viu Dalva.

— Dalva! Socorro! Socorro!

Enquanto gritava, ela puxava a corrente que a prendia, para mostrar que não tinha saída. Julinho estava entre elas, e havia cercado Lúcia diante do abismo.

Dalva estava em silêncio, olhando do alto da escada que descia para o terreno mais úmido. Seu rosto mal estava visível.

Julinho fez mais um ataque, descoordenado, porém feroz. Apesar da aparência ameaçadora, continuava sendo uma criança. O medo que Lúcia sentia, no entanto, não reconhecia mais isso. Julinho era um

animal que a estava atacando e seu instinto de sobrevivência a fez empurrá-lo com toda a força.

Pareceu magnetismo. O corpo de Julinho caiu no buraco em uma trajetória certeira, como uma bola de sinuca. Cravando suas unhas nas beiradas, ele ainda conseguiu projetar a cabeça para fora das trevas. Seu rugido ainda era o de um animal ameaçador.

Lúcia se arrastou para longe dele, até onde a corrente em sua perna permitia chegar.

A porta se abriu sozinha para que Madá conseguisse sair. O caminho estava livre até o portão e as correntes soltas continuavam penduradas com o cadeado quebrado. Só o carro de Lúcia continuava estacionado, e o grito da diretora fez a faxineira ter certeza de que ela ainda estava na escola.

Aurélia fazia curvas imprudentes pela antiga BR. A estrada deserta tinha poucos veículos vindo a seu encontro, mas o percurso era sinuoso, com mata de um lado e penhasco do outro.

Nervosa, ela chorava e soluçava, tentando manter a concentração ao volante. Tinha cumprido seu papel, mas foi mais difícil do que podia imaginar.

Rever aquele homem. Perder novamente uma criança. Não era algo que ela podia suportar.

Esses devaneios foram cortados quando a criança que assustou Lúcia surgiu no meio da rua, depois de uma curva acentuada. Para Lúcia, era um menino desconhecido. Mas, para Aurélia, era um corpo que ela tinha lançado no buraco.

O susto e o descontrole que ela já vivia causaram reflexos desproporcionais, e as rodas saíram do asfalto em uma capotagem que jogou o carro morro abaixo, em uma mata onde buscas demorariam a chegar.

Dalva desceu as escadas devagar, enquanto Lúcia olhava Julinho perder as forças e cair nas sombras. Quando parou perto da diretora, ela se abaixou e tentou confortá-la.

— Está quase acabando — disse, envolvendo-a com um abraço.

— O quê?

Lúcia tremia dos pés à mandíbula, que batia como se a temperatura fosse negativa.

— Você já fez a oferta. Agora precisa receber a graça.

Lúcia se desvencilhou do abraço e viu Dalva andar na direção do homem, que sorria para a vendedora.

— O que você quer, minha querida? Muito dinheiro? Amor? A cura da AIDS? A paz mundial? A última pediu filhos, hein? Pediu logo três.

— Eu quero ir embora daqui.

— Só isso? Tem certeza? Você pagou um preço bem alto pra receber só isso.

— Eu não paguei preço nenhum. Do que você está falando?

— Sacrificar uma criança desse jeito dá direito a pedidos muito, muito caros. Daqui a dez anos, a gente se acerta de novo. Mas até lá você vai poder aproveitar bem.

— Me tira daqui, Dalva.

Dalvinha riu mais uma vez.

— Por que você não conta o que um demônio do nono círculo pode fazer por ela? — disse a vendedora ao homem.

Lúcia gritou e tentou levantar-se e correr. O homem de botas emborrachadas caminhou em sua direção e, a cada passo que ele dava, as memórias da diretora pareciam mais claras. Logo sua costela não doía mais e o sangue que pensou ter visto desapareceu.

Logo Julinho deixou de ser um monstro e se tornou uma criança desesperada que ela lançou no poço sem fundo.

— Não, não, não, não. Eu não fiz isso. Não foi isso que aconteceu.

A voz grave do demônio liberava um hálito de carne podre.

— O que seria dos pactos se não fosse a visão turva dos humanos. Agora peça o que quiser. Sua escola já está ferrada mesmo.

Lúcia pareceu voltar ao mundo real. A morte de uma criança arruinaria sua escola, assim como o Colégio Suíço havia sido arruinado. Agora ela entendia os motivos de o prédio ter ficado dez anos abandonado.

— Eu quero que ninguém saiba. Que ninguém saiba que o Julinho sumiu aqui. Quero que pensem que foi outra pessoa. Que foi em outro lugar.

 AQUELA ANTIGA BR

— Quem diria, diretora. Quem diria. Pedido aceito.

Madá estava escondida atrás de uma árvore e caiu com uma rasteira invisível. Seus pés começaram a ser puxados por uma força a qual não conseguia resistir, e ela caiu pelos degraus da escada gritando, apavorada.

— Pra te atender, não posso deixar testemunhas — disse o demônio, quando Lúcia viu a faxineira ser arrastada.

— Não! Não! Para! Não quero mais isso! Não quero!

— Em dez anos vamos conversar de novo. Aí você me pede outra coisa.

Madá desceu pelas mesmas trevas em que Julinho foi jogado por Lúcia. Seus dedos marcaram a terra antes que sumisse de vez.

MARCEL BARTHOLO, ilustrador, quadrinista e artista plástico, pós-graduado em Artes Visuais-Cultura e Criação. Professor em Sorocaba (SP), onde ministra oficinas de desenho e criatividade. Organiza o IlustrA – Encontro Ilustrado e o IlustrA Comic Fest, eventos voltados para os admiradores e profissionais do desenho. Publica constantemente quadrinhos desde 2016. Entre suas obras destacam-se *Carniça*, *Lama* e *Canil*, em parceria com Rodrigo Ramos; a premiada *O Santo Sangue*, com roteiro de Laudo Ferreira (HQ Mix 2019) e *A Necromante*, em parceria com Douglas Freitas, que rendeu indicações como melhor desenhista e colorista (HQ Mix e Ângelo Agostini).